Anna Gavalda | *Ein geschenkter Tag*

DIE
KLEINE
REIHE

Anna Gavalda

Ein geschenkter Tag

Roman

Aus dem Französischen
von Ina Kronenberger

Büchergilde Gutenberg

| Ich saß noch nicht richtig, eine Pobacke in der Luft, die Hand auf der Wagentür, da blaffte mich meine Schwägerin bereits an:

»Na, endlich. Hast du unser Hupen nicht gehört? Wir stehen hier schon seit zehn Minuten!«

»Hallo«, antworte ich.

Mein Bruder hatte sich umgedreht. Diskretes Augenzwinkern.

»Alles in Ordnung, Sweetheart?«

»Alles in Ordnung.«

»Soll ich deine Sachen in den Kofferraum packen?«

»Nein, vielen Dank. Ich habe nur diese kleine Tasche und mein Kleid. Das lege ich hinten auf die Ablage.«

»Das hier ist dein Kleid?«, fragte sie stirnrunzelnd mit einem Blick zu der Stoffkugel auf meinem Schoß.

»Ja.«

»Was – was ist das?«

»Ein Sari.«

»Ah. Ich sehe schon …«

»Du siehst noch gar nichts«, bemerkte ich freundlich, »du wirst erst was sehen, wenn ich ihn anziehe.«

Kleine Grimasse.

»Können wir los?«, wirft mein Bruder ein.

»Ja. Das heißt, nein. Könntest du kurz beim Araber am Ende der Straße halten, ich muss noch was besorgen.«

Meine Schwägerin seufzt.

»Was brauchst du denn jetzt noch?«

»Eine Enthaarungscreme.«

»Und die kaufst du beim Araber?«

»Na klar, ich kaufe alles bei meinem geliebten Raschid! Alles, alles, alles!«

Sie glaubt mir nicht.

»Alles klar? Können wir los?«

»Ja.«

»Schnallst du dich nicht an?«

»Nein.«

»Warum schnallst du dich nicht an?«

»Klaustrophobie«, antworte ich.

Und bevor sie ihr Sprüchlein über abgestoßene Gliedmaßen infolge unfallbedingter Transplantation ablassen kann, füge ich hinzu:

»Außerdem will ich ein bisschen schlafen. Ich bin todmüde.«

Mein Bruder lächelt.

»Bist du gerade aufgestanden?«

»Ich war gar nicht erst im Bett«, stelle ich mit einem Gähnen klar.

Was natürlich nicht stimmt. Ich habe ein paar Stunden geschlafen. Damit will ich nur meine Schwägerin ärgern. Und es klappt. Das gefällt mir so gut an ihr: Es klappt immer.

»Wo warst du denn schon wieder?«, knurrt sie und verdreht die Augen.

»Zu Hause.«

»Hast du eine Party gegeben?«

»Nein, ich habe Karten gespielt.«

»Karten?!«

»Ja. Poker.«

Sie schüttelt den Kopf. Nicht zu sehr. Die Frisur könnte leiden.

»Wieviel hast du verloren?«, fragt mein Bruder belustigt.

»Nichts. Diesmal hab ich gewonnen.«

Ohrenbetäubende Stille.

»Darf man wissen, wie viel?«, fragt sie und platzt vor Neugier, rückt die Persol auf ihrer Nase zurecht.

»Dreitausend.«

»Dreitausend! Dreitausend was?«

»Na ja, Euro«, gebe ich naiv zurück, »wir werden uns doch nicht mit Rubeln plagen …«

Ich kicherte und rollte mich zu einer Kugel zusammen. Jetzt hatte ich meiner lieben Carine eine Denksportaufgabe für die restliche Reise gegeben …

Ich hörte, wie sich die Rädchen in ihrem Gehirn in Bewegung setzten:

Dreitausend Euro – ratter ratter ratter – wie viel musste sie selbst an Trockenshampooflaschen und Aspirintabletten verkaufen, um dreitausend Euro zu verdienen? – ratter ratter ratter – plus die laufenden Kosten, plus die Gewerbesteuer, plus die Gemeindesteuer, plus die Miete minus die Mehrwertsteuer … Wie oft musste sie selbst ihren weißen Kittel überstreifen, um dreitausend Euro *netto* zu verdienen? Plus die Krankenzusatzversicherung. Acht hin, zwei im Sinn … Und die Urlaubstage, macht zehn, multipliziert mit drei … ratter ratter ratter …

Ja, ich kicherte vor mich hin. Sanft geschaukelt vom Schnurren ihrer Limousine, die Nase in der Armbeuge, die Beine unterm Kinn. Ich war ziemlich stolz auf mich, meine Schwägerin ist schon ein besonderer Fall.

Meine Schwägerin Carine hat Pharmazie studiert, möchte aber, dass man *Medizin* sagt, folglich ist sie Apothekerin, möchte aber, dass man *Frau Doktor* sagt, folglich hat sie eine Apotheke, möchte aber, dass man *Offizin* sagt.

Beim Dessert klagt sie mit Vorliebe über ihre Buchführung und trägt einen bis oben zugeknöpften Chirurgenkittel mit einem aufgebügelten Schildchen, auf dem zwischen zwei blauen Äskulapstäben ihr Name prangt. Heute verkauft sie vor allem Cremes zur Straffung der Gesäßhaut und Carotin-Kapseln, weil das einträglicher ist, spricht aber lieber davon, dass sie den *parapharmazeutischen Sektor optimiert hat*.

Meine Schwägerin Carine ist ziemlich vorhersagbar.

Als meine Schwester Lola und ich von diesem unverhofften Glücksfall erfuhren, dass wir in der Familie neuerdings eine Beschafferin für Antifalten-, Clinique- und Guerlain-Produkte haben würden, haben wir sie wie junge Hunde umschwänzelt. Oh! Was haben wir sie an diesem Tag gefeiert! Wir haben ihr versprochen, ab jetzt unsere gesamten Einkäufe bei ihr zu machen, wir waren sogar bereit, sie mit Doktor oder Professor Lariot-Molinoux anzureden, damit wir bei ihr gut angesehen waren.

Wir waren bereit, die RER zu nehmen, um zu ihr rauszufahren! Und das will etwas heißen, bei Lola und mir, dass wir mit der RER bis nach Poissy fahren würden.

Jenseits der Marschall-Boulevards fühlen wir uns nämlich nicht mehr wohl …

Aber so weit brauchten wir nicht zu gehen, kaum war unser erstes Sonntagessen zu Ende, hat sie uns am Arm genommen, die Augen niedergeschlagen und uns anvertraut:

»Wisst ihr – äh – ich werde euch keinen Preisnachlass geben können, weil – äh – wenn ich damit anfange – versteht ihr – dann – ich – dann weiß man nicht mehr, wo man damit aufhören soll.« »Nicht einmal eine winzige Kleinigkeit«, hatte Lola lachend zurückgefragt, »nicht einmal ein paar Pröbchen?« »Ja, doch«, hatte sie geantwortet und erleichtert aufgeseufzt, »doch, doch, Pröbchen, das geht. Kein Problem.«

Und als sie ging, wobei sie die Hand unseres Bruders fest umklammert hielt, damit er nicht davonflog, knurrte Lola, während sie ihr vom Balkon hinunter Kusshände zuwarf: »Ihre Pröbchen, die kann sie sich sonstwohin stecken …«

Ich war ganz ihrer Meinung, daraufhin haben wir die Tischdecke ausgeschüttelt und über etwas anderes gesprochen.

Heute ziehen wir sie gern damit auf. Sobald wir sie sehen, erzähle ich ihr von meiner Freundin Sandrine, die Stewardess ist, und von den guten Preisen, die sie im Duty-Free-Shop für uns bekommt.

Beispiel:

»He, Carine. Was, meinst du, kostet das Zwei-Phasen-Peeling mit Stickstoff und Vitamin B 12 von Estée Lauder?«

Nun muss unsere liebe Carine lange nachdenken. Sie konzentriert sich, schließt die Augen, ruft sich ihre Liste in Erinnerung, berücksichtigt ihre Marge, rechnet die Steuern raus und sagt:

»Fünfundvierzig?«

Ich drehe mich zu Lola um:

»Weißt du noch, was du dafür bezahlt hast?«

»Sorry! Wovon redet ihr?«

»Dein Zwei-Phasen-Peeling mit Stickstoff und Vitamin B 12 von Estée Lauder, das Sandrine dir neulich mitgebracht hat.«

»Ja und?«

»Was du dafür bezahlt hast?«

»Mann. Du stellst aber auch Fragen. Irgendwas um die zwanzig Euro, glaube ich.«

Carine versagt die Stimme:

»Zwanzig Euro! Das Zwei-Phasen-Peeling mit Vitamin B 12 von Lauder! Bist du sicher?«

»Ich glaube schon.«

»Bei dem Preis, das muss eine Fälschung sein! Sorry, aber da seid ihr wohl einem Betrüger aufgesessen. Die haben Nivea-Creme in ein gefälschtes Fläschchen gekippt, und schon war die Sache geritzt. Tut mir leid, euch das sagen zu müssen«, fügt sie triumphierend hinzu, »aber euer Teil ist nichts wert! Der reinste Ramsch!«

Lola tut ganz geknickt:

»Bist du sicher?«

»Tooooodsicher. Ich kenne ja die Produktionskosten! Bei Lauder nehmen sie nur ätherische Öle …«

Das ist der Moment, in dem ich mich zu meiner Schwester umdrehe und frage:

»Hast du sie nicht mit?«

»Was denn?«

»Na, deine Creme.«

»Nö, ich glaub nicht. Oder doch? Moment, ich schau mal in meiner Tasche nach.«

Sie kehrt mit ihrem Fläschchen zurück und reicht es der Expertin.

Diese setzt zuerst ihre Lesebrille auf und inspiziert das fragliche Objekt von allen Seiten. Wir beobachten sie schweigend, hängen leicht verängstigt an ihren Lippen.

»Und, Frau Doktor?«, wagt Lola sich vor.

»Doch, doch, das ist eine echte Lauder. Ich erkenne den Duft. Und die Konsistenz. Lauder hat eine ganz besondere Konsistenz. Unglaublich. Was, sagst du, hast du dafür bezahlt? Zwanzig Euro? Unglaublich«, seufzt Carine und steckt ihre Brille zurück ins Etui, das Etui in ihr Biotherm-Täschchen, das Biotherm-Täschchen in ihre Tod's-Tasche. »Unglaublich. Das entspricht dem Selbstkostenpreis. Wie soll unsereiner überleben, wenn sie den Markt dermaßen kaputtmachen? Unlauterer Wettbewerb ist das. Sonst nichts. Das ist … Da ist überhaupt keine Gewinnspanne mehr drin, die … Wirklich unfassbar. Das macht mich völlig fertig, hier …«

Und in ihrem abgrundtiefen Erstaunen tröstet sie sich damit, lange den zuckerfreien Zucker in ihrem koffeinfreien Kaffee umzurühren.

Das Schwierigste für uns ist, uns bis zur Küche zu beherrschen. Sobald wir sie erreicht haben, prusten wir los wie zwei giggelnde Hühner. Falls unsere Mutter dazukommt, ist sie ganz betrübt: »Was seid ihr gemein, ihr zwei«, und Lola antwortet entrüstet: »Moment mal, der ganze Spaß hat mich immerhin zweiundsiebzig Kröten gekostet!« Dann platzen wir wieder los, stützen uns auf den Geschirrspüler und halten uns die Seiten vor Lachen.

»Tja, wenn du letzte Nacht so viel gewonnen hast, könntest du dich ja ausnahmsweise mal am Benzin beteiligen.«

»Am Benzin UND an der Autobahngebühr«, sage ich und reibe mir die Nase.

Ich kann es nicht sehen, aber ich stelle mir vor, wie sie zufrieden lächelt und ihre Hände gesittet auf den Beinen ruhen, die sie eng aneinanderpresst.

Ich schiebe die Hüfte vor, um einen großen Schein aus meiner Jeans zu ziehen.

»Lass das«, sagt mein Bruder.

Woraufhin sie quiekt:

»Aber Simon, wirklich, ich sehe nicht ein, dass …«

»Lass das, habe ich gesagt«, wiederholt mein Bruder, ohne die Stimme zu erheben.

Sie öffnet den Mund, schließt ihn wieder, windet sich ein wenig, öffnet von neuem den Mund, entfernt ein imaginäres Staubkorn von ihren Schenkeln, berührt ihren Saphirring, dreht ihn wieder an die richtige Stelle, inspiziert ihre Fingernägel, macht Anstalten, etwas zu sagen – bleibt aber stumm.

Es knirscht im Gebälk. Wenn sie die Klappe hält, heißt das, dass sie sich gestritten haben. Wenn sie die Klappe hält, heißt das, dass mein Bruder die Stimme erhoben hat.

Das kommt selten vor.

Mein Bruder regt sich nie auf, redet nie schlecht über andere, weiß nicht, was Gehässigkeit ist, und urteilt nicht über seinen Nächsten. Mein Bruder stammt von einem anderen Planeten. Von der Venus vielleicht …

Wir vergöttern ihn. Wir fragen ihn: »Wie kannst du bloß so ruhig bleiben? Wie machst du das?« Er zuckt mit den Schultern: »Keine Ahnung.« Wir fragen weiter: »Hast du nicht manchmal Lust, dich ein bisschen gehenzulassen? Richtig schäbige, richtig gehässige Sachen zu sagen?«

»Dafür hab ich doch euch, meine Lieben«, antwortet er mit einem engelsgleichen Lächeln.

Ja, wir vergöttern ihn. Alle Welt vergöttert ihn. Unsere Kindermädchen, die Grundschullehrerinnen, die Gymnasiallehrer, seine Kollegen, seine Nachbarn. Alle.

Als wir noch klein waren, haben wir uns in seinem Zimmer auf dem Teppich geflätzt, seine Platten gehört und seine Bonbons stibitzt, während er an unseren Hausaufgaben saß, und wir machten uns einen Spaß daraus, uns die Zukunft vorzustellen. Ihm prophezeiten wir:

»Du bist so ein lieber Kerl, du lässt dich bestimmt von einem richtigen Biest krallen.«

Bingo.

Ich kann mir gut vorstellen, worüber sie sich gestritten haben. Vermutlich über mich. Ich könnte ihre Unterhaltung auf den Seufzer genau wiedergeben.

Gestern Nachmittag habe ich meinen Bruder gefragt, ob ich bei ihm mitfahren kann. »Was für eine Frage«, hat er am Telefon mit gespielter Entrüstung geantwortet. Anschließend hat die dumme Ziege bestimmt einen Tobsuchtsanfall gekriegt, sie müssten einen riesigen Umweg machen. Mein Bruder hat wahrscheinlich mit den Schultern gezuckt, und sie hat noch eins draufgesetzt. »Aber Schatz, um ins Limousin zu fahren, ist die Place Clichy, soweit ich weiß, nicht gerade eine Abkürzung …«

Er musste sich sicher zwingen, hart zu bleiben, und als sie sich schlafen legten, war sie verstimmt und drehte ihm demonstrativ den Rücken zu.

Beim Aufstehen war sie schlecht gelaunt. Vor ihrem Biogetreidekaffee hat sie noch einmal damit angefangen: »Ehrlich, deine faule Schwester hätte auch früher aufstehen und hierherkommen können ... Sie bringt sich im Job bestimmt nicht um, oder?«

Er reagierte nicht. Studierte die Karte.

Sie ist zum Schmollen in ihrem Badezimmer von Kaufmann & Broad verschwunden (Ich erinnere mich an unseren ersten Besuch. Eine Art malvenfarbenen Musselinschal um den Hals, flatterte sie zwischen den Grünpflanzen hindurch und kommentierte begeistert ihr Lustschlösschen: *Hier haben wir die Küche – sehr funktional. Hier das Esszimmer – sehr gemütlich. Hier das Wohnzimmer – sehr wandlungsfähig. Hier ist Léos Zimmer – sehr spielfreundlich. Hier die Waschküche – unentbehrlich. Hier das Badezimmer – mit Doppelwaschbecken. Hier unser Schlafzimmer – ganz hell. Hier* ... Wir hatten den Eindruck, sie wollte es uns verkaufen. Simon hat uns anschließend zum Bahnhof gebracht, und als wir uns verabschiedeten, haben wir noch einmal gesagt: »Ein schönes Haus hast du.« »Ja, sehr funktional«, hat er kopfnickend wiederholt. Auf dem ganzen Rückweg haben weder Lola noch Vincent noch ich ein Wort gesagt. Alle waren ein wenig traurig, und jeder hat in seiner Ecke vermutlich dasselbe gedacht. Dass wir unseren großen Bruder verloren hatten und dass das Leben ohne ihn wohl um einiges härter wäre …), dann hat sie zwischen ihrer Residenz und meinem Boulevard bestimmt zehnmal auf die Uhr geschaut, bei jeder Ampel aufgestöhnt, und als sie schließlich gehupt hat – sie war diejenige, die die Hupe betätigt hatte, da bin ich ganz sicher –, habe ich sie nicht gehört.

Oje oje oje.

Liebster Simon, tut mir leid, dass ich dir das antue.

Das nächste Mal sehe ich mich nach einer anderen Möglichkeit um, versprochen.

Das nächste Mal kriege ich es besser hin. Gehe früh schlafen. Trinke nichts. Spiele keine Karten.

Das nächste Mal lebe ich in geordneten Verhältnissen, verstehst du? Klar doch. Ich finde schon einen. Einen anständigen Kerl. Einen Weißen. Ein Einzelkind. Einen mit Führerschein und Rapsöl-Toyota.

Ich suche mir einen, der bei der Post arbeitet, weil sein Papa bei der Post arbeitet, und der seine neunundzwanzig Stunden ableistet, ohne krank zu werden. Einen Nichtraucher. Das habe ich in meinem Profil bei *Meetic* angegeben. Glaubst du mir nicht? Du wirst schon sehen. Was grinst du so, Idiot?

Dann werde ich dir samstagmorgens nicht mehr damit auf den Wecker fallen, dass ich bei dir mitfahren will.

Zu meinem Schatzi von der Post werde ich sagen: »He! Schatzi! Fährst du mich mit deinem wunderbaren GPS, das sogar Korsika und unsere Überseegebiete abdeckt, zur Hochzeit meiner Cousine?«, und die Sache wäre gebongt.

Was lachst du so blöd? Denkst du, ich bin nicht schlau genug, um es wie die anderen zu machen? Mir einen netten Kerl zu angeln, mit gelber Sicherheitsweste und Disneyland-Aufkleber? Einen Geliebten, dem ich in meiner Mittagspause Unterhosen von Celio kaufe? Au ja. Schon beim Gedanken daran wird mir ganz anders … Ein anständiger Kerl. Solide. Einfach gestrickt. Inklusive Batterien und dickem Sparbuch.

Der sich keinen Kopf macht. Und an nichts anderes denkt, als im Baumarkt die Preise in den Regalen mit denen im Prospekt zu vergleichen, und der dann sagt: »Eins steht fest, Liebling, der einzige Unterschied zwischen Castorama und Leroy Merlin ist der Service …«

Wir würden immer durch den Keller gehen, um den Eingang nicht dreckig zu machen. Und wir würden unsere Schuhe unten an der Treppe stehen lassen, um die Stufen nicht zu beschmutzen. Und wir würden uns mit den Nachbarn anfreunden, die sehr sympathisch wären. Und wir hätten einen gemauerten Grill, ein großes Glück für die Kinder, denn die Gegend wäre sehr sicher, wie meine Schwägerin zu sagen pflegt, und …

Das Glück schlechthin.

Die Vorstellung war zu schrecklich. Darum schlief ich ein.

* * *

Auf dem Parkplatz einer Tankstelle bei Orléans bin ich langsam wieder aufgetaucht. Aus dem Tiefschlaf. Schlaff und sabbernd. Ich kriegte kaum die Augen auf, und meine Haare kamen mir erstaunlich schwer vor. Ich habe sie vorsichtshalber befühlt, um mich zu vergewissern, dass es wirklich Haare waren.

Simon wartete an der Kasse. Carine war einmal um die Ecke verschwunden.

Ich stellte mich vor einen Kaffeeautomaten.

Ich brauchte mindestens dreißig Sekunden, um zu begreifen, dass ich den Becher an mich nehmen konnte. Der Kaffee war ohne Zucker und wenig überzeugend. Ich hatte wohl den falschen Knopf gedrückt. Er hatte einen leichten Tomatengeschmack, der Cappuccino, oder?

Puh. Der Tag versprach lang zu werden.

Ohne ein weiteres Wort stiegen wir wieder ins Auto. Carine zog ein Erfrischungstuch aus dem Schminkkoffer, um ihre Hände zu desinfizieren.

Carine desinfiziert immer ihre Hände, sobald sie einen öffentlichen Ort verlässt.

Aus Hygienegründen.

Carine kann Mikroben regelrecht *sehen*.

Sie sieht ihre kleinen behaarten Beinchen und ihre furchteinflößenden Münder.

Das ist übrigens der Grund, warum sie nie mit der Metro fährt. Auch Züge mag sie nicht. Sie muss ständig an die Leute denken, die ihre Füße auf die Sitze gestellt und ihre Nasenpopel unter die Armlehnen geklebt haben.

Sie verbietet ihren Kindern, sich auf eine Bank zu setzen oder das Treppengeländer zu berühren. Sie tut sich schwer damit, mit ihnen auf den Spielplatz zu gehen. Sie tut sich schwer damit, sie auf eine Rutsche zu setzen. Sie tut sich schwer mit den Tabletts bei McDonald's, und sie tut sich besonders schwer mit dem Tauschen von Pokémon-Karten. Sie leidet bei Fleischern, die keine Handschuhe tragen, und bei Verkäuferinnen, die ihr das Croissant ohne Servierzange reichen. Sie leidet beim gemeinsamen Nachmittagskakao in der Schule und bei Schwimmbadausflügen, wenn sich die Kinder die Hand geben, bevor sie sich ihre Pilzerkrankungen weiterreichen.

Leben ist für sie eine aufreibende Angelegenheit.

Mich persönlich stören diese desinfizierenden Erfrischungstücher ungemein.

Andere immerzu als wandelnde Mikrobenschleuder wahrzunehmen. Immerzu einen prüfenden Blick auf die Fingernägel zu werfen, wenn sie jemandem die Hand gibt. Immerzu auf der Hut zu sein. Sich immerzu hinter einem Schal zu verschanzen. Immerzu die Kinder zu warnen.

Fass das nicht an. Das ist schmutzig.

Nimm deine Hände weg.

Teil dein Essen nicht mit anderen.

Lauf nicht auf die Straße.

Hock dich nicht auf die Erde, sonst setzt's was!

Sich immerzu die Hände waschen. Sich immerzu den Mund abwischen. Immerzu zehn Zentimeter über der Klobrille das Gleichgewicht halten und Küsschen geben, ohne den anderen mit den Lippen zu berühren. Immerzu die anderen Mütter danach zu beurteilen, ob ihre Kinder saubere Ohren haben.

Immerzu.

Immerzu über andere richten.

Das stinkt ja fürchterlich, dieses Zeug. In Carines Familie ist man übrigens schnell dabei, wenn es darum geht, hemmungslos über Araber herzuziehen.

Carines Vater spricht von Araberpack.

Er sagt: »Ich zahl Steuern, damit dieses Araberpack zehn Kinder in die Welt setzt.«

Er sagt: »Ich würde die alle in ein Boot stecken und die ganze Brut versenken …«

Gern sagt er auch: »Frankreich ist ein Land von Sozialhilfeempfängern und Taugenichtsen. Die Franzosen sind alle Idioten.«

Und häufig kommt er zu dem Schluss: »Ich arbeite die ersten sechs Monate des Jahres für meine Familie und die übrigen sechs für den Staat, da soll mir keiner mit den Armen und Arbeitslosen kommen, klar?! Ich arbeite jeden zweiten Tag dafür, dass Mamadou seine zehn Negerinnen schwängern kann, also verschont mich mit euren Moralpredigten!«

Ich denke vor allem an ein bestimmtes Mittagessen. Ich erinnere mich nicht gern daran. Es war anlässlich von Alices Taufe. Wir hatten uns alle bei den Eltern von Carine in der Nähe von Le Mans zusammengefunden.

Ihr Vater ist Leiter eines Casinos (des Supermarkts, nicht der Spielhölle), und als ich ihn am Ende der gepflasterten Allee zwischen seinem kunstschmiedeeisernen Laternenpfahl und seinem schmucken Audi sah, habe ich erst richtig den Sinn des Wortes *blasiert* begriffen. Diese Mischung aus Dummheit und Arroganz. Diese unerschütterliche Selbstgerechtigkeit. Der hellblaue Kaschmirpulli über dem dicken Bauch und die seltsam herzliche Art, Leuten die Hand zu reichen und sie zugleich zu hassen.

Ich schäme mich, wenn ich an das Essen zurückdenke. Ich schäme mich, und ich bin nicht die Einzige. Lola und Vincent haben auch ihre Probleme damit, wie ich mir vorstellen kann …

Simon war nicht dabei, als das Gespräch ausgeartet ist. Er war hinten im Garten und baute an einer Hütte für seinen Sohn.

Er ist es wohl gewöhnt. Er weiß wohl, dass es besser ist, das Weite zu suchen, wenn der dicke Jacquot alle Hemmungen fallenlässt.

Simon ist wie wir: Er mag das Gezänk nach dem Essen nicht, fürchtet Konflikte und entzieht sich jeglicher Art von Kräftemessen. In seinen Augen ist es vergeudete Energie, man soll seine Kräfte für interessantere Kämpfe aufsparen, sagt er. Bei Leuten wie seinem Schwiegervater ist von vornherein Hopfen und Malz verloren.

Und wenn man ihn auf das Erstarken der Rechtsextremen anspricht, schüttelt er den Kopf: »Pah, das ist der Bodensatz auf dem Grund eines Teichs. Das kann man nicht vermeiden, das ist menschlich. Lassen wir den Bodensatz lieber in Ruhe, sonst steigt er noch an die Oberfläche.«

Wie hält er diese Familienessen bloß aus? Wie schafft er

es, seinem Schwiegervater beim Schneiden der Hecke zu helfen?

Er denkt an Léos Hütte.

Er denkt an den Moment, wenn er sein Söhnchen an die Hand nimmt und sich schweigend mit ihm ins Unterholz verzieht.

Ich schäme mich, denn an besagtem Tag haben wir die Klappe gehalten.

Wieder einmal haben wir die Klappe gehalten. Sind auf die Äußerungen dieses wild gewordenen Lebensmittelhändlers, dessen Blick nicht über den weit entfernten Bauchnabel hinausreicht, nicht eingegangen.

Wir haben ihm nicht widersprochen. Sind nicht vom Tisch aufgestanden. Haben langsam weitergekaut, jeden einzelnen Bissen, und bei uns gedacht, dass dieser Typ ein Arschloch ist, und wir mussten uns sehr bemühen, um uns in etwas zu hüllen, das noch entfernt an Würde erinnerte.

Erbärmliche Kreaturen sind wir. Und feige, so feige …

Warum sind wir so? Alle vier? Warum beeindrucken uns Leute, die lauter schreien als andere? Warum sind wir gegenüber aggressiven Menschen so wehrlos?

Was stimmt nicht mit uns? Wo hört die gute Erziehung auf, und wo beginnt die Feigheit?

Wir haben oft darüber gesprochen. Haben uns vor Pizzaresten und behelfsmäßigen Aschenbechern an die Brust geschlagen. Wir brauchen niemanden, der uns auf die Knie zwingt. Wir sind alt genug, um selbst den Kopf zu beugen, und egal, wie viele Flaschen wir auch geleert haben, wir kommen immer wieder zu demselben Schluss: Wenn wir so sind, wie wir sind, stumm und entschlossen, aber machtlos gegenüber irgendwelchen Arschlöchern, dann liegt es daran, dass wir nicht die Spur Selbstvertrauen haben. Dass wir uns selbst nicht lieben.

Ich meine nicht uns persönlich.

So viel Bedeutung gestehen wir uns nicht zu.

Nicht genug, um auf die Weste des alten Molinoux zu spucken. Nicht genug, um auch nur eine Sekunde lang zu glauben, dass unser Aufschrei seinem Gedankenflug eine andere Richtung verleihen könnte. Nicht genug, um zu hoffen, dass unsere Geste des Abscheus, die Serviette, die wir auf den Tisch werfen, den Lauf der Dinge auch nur im geringsten verändern könnte.

Was hätte er gedacht, dieser brave Steuerzahler, wenn wir so reagiert und erhobenen Hauptes sein Haus verlassen hätten? Er hätte bloß den ganzen Abend seine Frau geärgert mit seinem ständigen:

»Was für Dummköpfe aber auch. Also wirklich, was für Dummköpfe. Was für Dummköpfe aber auch …«

Warum sollten wir der armen Frau das antun?

Wer sind wir, dass wir zwanzig Leuten die Feier verderben?

Man könnte auch sagen, es sei nicht Feigheit. Man könnte auch sagen, es sei Weisheit. Könnte einräumen, dass wir uns zurückzunehmen wüssten. Dass wir nicht gern in die Scheiße tappen. Dass wir ehrlicher sind als all die anderen, die unaufhörlich quasseln und dabei nichts erreichen.

Ja, so trösten wir uns. Indem wir uns in Erinnerung rufen, dass wir noch jung sind und schon so vieles durchschauen. Dass wir tausend Ellen über dem Ameisenhaufen schweben und dass uns die Dummheit nicht so sehr tangiert. Wir lachen darüber. Wir haben etwas anderes. Wir haben uns. Wir sind auf andere Weise reich.

Wir können uns den inneren Werten zuwenden.

Unser Kopf ist mit den verschiedensten Dingen gefüllt, die weit entfernt sind von diesem rassistischen Gekläff. Da gibt es Musik und Schriftsteller. Bände, Hände, Schlupfwinkel. Spuren von Sternschnuppen auf Kreditkartenbelegen, ausgerissene Seiten, glückliche Erinnerungen, schreckliche Erinnerungen. Lieder, Refrains auf der Zunge, gespeicherte SMS-Nachrichten, beeindruckende Bücher, kitschige Teddys und zerkratzte Platten. Unsere Kindheit, unsere Einsamkeit, unsere ersten Gefühlsregungen und unsere Zukunftspläne. All die Stunden des Wartens, all die aufgehaltenen Türen. Die Kapriolen von Buster Keaton. Armand Robins Brief an die Gestapo und Michel Leiris' Widder in den Wolken. Die Szene in *Die Brücken am Fluss,* in der sich Clint Eastwood umdreht und sagt: *Oh … and don't kid yourself, Francesca …,* und die Szene in *Die besten Jahre,* in der Nicola Carati die geschundenen Kranken beim Prozess gegen ihren Peiniger unterstützt. Die Bälle am 14. Juli in Villiers. Der Quittengeruch im Keller. Unsere Großeltern, der Säbel des Monsieur Racine, sein glänzender Harnisch, unsere provinziellen Phantasien und die Abende vorm Examen. Fräulein Trudels Schirm, als sie zu Gaston aufs Motorrad steigt. *Reisende im Wind* von François Bourgeon und die ersten Zeilen im Buch von André Gorz an seine Frau, die Lola mir gestern Abend am Telefon vorgelesen hat, als wir wieder einmal eine Stunde lang die Liebe schlechtzumachen versuchten: »Bald wirst Du jetzt zweiundachtzig sein, Du bist um sechs Zentimeter kleiner geworden, Du wiegst nur noch fünfundvierzig Kilo, und immer noch bist Du schön, graziös und begehrenswert.« Marcello Mastroianni in *Schwarze Augen* und die Kleider eines Cristóbal Balenciaga. Wenn wir am Abend aus dem Bus stiegen, der Geruch nach Staub und dem trockenen Brot der Pferde. Die Lalannes in ihren Ateliers mit dem Garten dazwischen. Die Nacht, in der wir die Rue des Vertus neu gestrichen haben, und die Nacht, in der wir die Haut eines Herings unter die Terrasse des Restaurants fallen ließen, in dem die Teflonpfanne arbeitete, dieses Riesenkamel. Und die Fahrt, bei der wir auf Kartons hinten im Kleinlastwagen lagen, während Vincent uns den gesamten Text von *Eingespannt. Erzählung aus dem Innern des Motors* vorlas. Simons Gesicht, als er zum ersten Mal in seinem Leben Björk hörte, und Monteverdi auf dem Parkplatz der Disco Macumba.

All unsere Streiche, all unsere Gewissensbisse und all unsere Seifenblasen bei der Beerdigung von Lolas Patenonkel …

Unsere vergangenen Liebschaften, unsere zerrissenen Briefe und die Freunde am Telefon. Diese denkwürdigen Nächte, diese Manie, immerzu alles umzuräumen, und der Mensch, den wir morgen umrennen werden, wenn wir einem Bus hinterherlaufen, der nicht auf uns gewartet hat.

Das alles und noch mehr.

Genug, um sich nicht die Seele zu ruinieren.

Genug, um mit Trotteln gar nicht erst zu diskutieren.

Sollen sie verrecken.

Sie verrecken sowieso.

Sie verrecken von ganz allein, während wir im Kino sind.

Das sagen wir uns zum Trost dafür, dass wir damals nicht gegangen sind.

Wir rufen uns außerdem in Erinnerung, dass das alles, die scheinbare Gleichgültigkeit, die Zurückhaltung und unsere Schwäche, die Schuld unserer Eltern ist.

Ihre Schuld oder ihr Verdienst.

Weil sie es sind, die uns Bücher und Musik nähergebracht haben. Die uns von anderen Dingen erzählt und uns gezwungen haben, eine andere Perspektive einzunehmen. Höher, weiter. Aber sie sind es auch, die vergessen haben, uns Selbstvertrauen zu geben. Sie dachten, es würde sich von selbst einstellen. Wir würden schon fürs Leben taugen und Komplimente könnten unserem Ego schaden.

Weit gefehlt.

Es hat sich nicht eingestellt.

Und jetzt sind wir hier. Die totalen Loser. Schweigen angesichts der Aufgebrachten, verpassen mit einem leichten Brechreiz unseren Auftritt.

Zu viel Torte vielleicht …

Einmal, daran kann ich mich noch erinnern, wir waren mit der ganzen Familie an einem Strand bei Hossegor – und es war selten, dass wir als Familie irgendwo waren, denn die Familie mit großem F war nicht unser Ding –, da hat unser Pop (Unser Papa wollte nie, dass wir ihn Papa nennen, und wenn die Leute sich darüber wunderten, sagten wir, das sei so wegen Mai 68. Das gefiel uns als Erklärung, »Mai 68«, das klang wie ein Geheimcode, als würden wir sagen: »Das ist so, weil er vom Planeten Zorg kommt.«), da hat unser Pop also von seinem Buch aufgeblickt und gesagt:

»Kinder, seht ihr diesen Strand?«

(Die Côte d'Argent am Atlantik, Sie können sich vorstellen, was für ein Strand das ist, oder?)

»Tja, wisst ihr, was ihr in unserem Universum seid?«

(Ja! Arme Kinder, denen leckere Strandkrapfen vorenthalten werden!)

»Ihr seid dieses Sandkorn. Ein einfaches Sandkorn. Sonst nichts.«

Wir haben ihm geglaubt.

Unser Pech.

»Wonach riecht das?«, fragte Carine beunruhigt.

Ich verteilte gerade Frau Raschids klebrige Masse auf den Beinen.

»Was – was ist das denn für ein Zeug?!«

»Keine Ahnung. Ich glaube, es ist Honig oder Karamel gemischt mit Wachs und Kräutern.«

»Wie furchtbar! Das Zeug ist wirklich widerlich. Und das Ganze machst du hier?«

»Zwangsläufig. So kann ich ja wohl kaum gehen. Man würde mich für einen Yeti halten.«

Meine Schwägerin drehte sich seufzend wieder um.

»Pass wenigstens auf die Sitze auf. Simon, stell die Klimaanlage aus, damit ich das Fenster aufmachen kann.«

… *bitte,* presse ich zwischen den Zähnen hervor.

Frau Raschid hatte das große Lokum in ein feuchtes Tuch eingeschlagen. »Komm nächstes Mal zu mirr. Komm zu mirr, dann ich kümmere mich um dich. Ich kümmere mich um dein klein Liebesgarrten. Du wirrst sehen, wie er dann sein wirrd, dein Mann, wenn ich alles entfernt habe, er wirrd ganz verrückt nach dir sein und du wirrst alles von ihm kriegen können …«, hatte sie mir augenzwinkernd versichert.

Ich lächelte. Nicht zu sehr. Ich hatte gerade einen Fleck auf die Armlehne gemacht und jonglierte mit meinen Kleenex-Tüchern. So ein Mist.

»Ziehst du dich auch im Auto um?«

»Wir halten doch sicher vorher noch mal an. Oder, Simon? Du findest bestimmt eine kleine Seitenstraße für mich?«

»Die nach Lavendel und Liebesschwüren duftet?«

»Das hoffe ich!«

»Und Lola?«, fragt Carine weiter.

»Was ist mit Lola?«

»Kommt sie auch?«

»Keine Ahnung.«

»Du hast keine Ahnung?«, sie fuhr herum.

»Nein. Ich habe keine Ahnung.«

»Unglaublich ist das. Bei euch hat nie einer Ahnung. Es ist immer dasselbe. Künstlerchaos. Könnt ihr euch nicht von Zeit zu Zeit mal ein bisschen organisieren? Ein kleines bisschen wenigstens?«

»Ich habe gestern mit ihr telefoniert«, sagte ich schroff. »Es ging ihr nicht gut, und sie wusste noch nicht, ob sie kommt.«

»Das wundert mich gar nicht.«

Oh, wie ich diesen herablassenden Ton verabscheute.

»Was wundert dich nicht?«, knurrte ich.

»Hier. Bei euch. Da wundert mich gar nichts mehr! Und wenn es Lola nicht gutgeht, ist sie selbst schuld. Das wollte sie doch, oder? Sie hat ja auch ein Händchen dafür, sich in die unmöglichsten Situationen zu bringen. Man macht sich keine Vorstellung …«

Ich sah, wie sich Simons Stirn im Rückspiegel in Falten legte.

»Na ja, meine Meinung zu dem Ganzen …, pff?«

Ja. Genau. Deine Meinung zu dem Ganzen, pff.

»Das Problem bei Lo-«

»Stopp«, bremste ich sie mitten im Fluss, »Stopp. Ich habe heute nicht genug geschlafen. Ein andermal …«

Sie war verärgert:

»In dieser Familie darf man aber auch gar nichts sagen. Sobald man die kleinste Bemerkung macht, stürzen sich die drei anderen auf einen und halten einem das Messer an den Hals, vollkommen lächerlich.«

Simon suchte meinen Blick.

»Das bringt dich wohl zum Lachen, was? Euch beide! Das ist wirklich die Härte. Ihr seid so kindisch. Man darf ja wohl noch eine Meinung haben, oder? Aber da ihr das nicht hören wollt, kann man nichts sagen, und da niemand was sagt, seid ihr immer im Recht. Ihr stellt euch nie in Frage. Ich werde euch sagen, was ich davon halte …«

Es interessiert uns nicht die Bohne, was du davon hältst, meine Liebe!

»Ich denke, dass ihr euch mit dieser Art Schutzmechanismus, diesem ›wir halten zusammen und scheißen auf die anderen‹ keinen Gefallen tut. Das ist alles andere als konstruktiv.«

»Was ist schon konstruktiv auf dieser Welt, meine liebe Carine?«

»Genau dieses Getue meine ich, Hilfe. Lasst mich bitte mit eurer abgenutzten Sokrates-Philosophie in Ruhe. In eurem Alter ist das nur noch peinlich. Sag mal, bist du bald fertig mit deiner Spachtelmasse, das Zeug ist ja wirklich ekelhaft.«

»Ja, ja«, beruhigte ich sie und rollte die Kugel über meine schmächtigen weißen Waden, »ich bin gleich so weit.«

»Trägst du denn hinterher keine Creme auf? Deine Poren stehen doch unter Schock, du musst ihnen wieder Feuchtigkeit zuführen, sonst hast du bis morgen rote Pickel.«

»Mist, ich habe nichts dabei.«

»Hast du keine Pflegelotion?«

»Nein.«

»Auch keine Tagescreme?«

»Nein.«

»Auch keine Nachtcreme?«

»Nein.«

»Du hast nichts mit?«

Sie war entsetzt.

»Doch. Eine Zahnbürste, Zahnpasta, ein Fläschchen *L'Heure Bleue,* Kondome, Mascara und einen rosa Labello.«

Sie war erschüttert.

»Ist das alles, was du in deinem Kulturbeutel hast?«

»Äh, ich habe die Sachen in der Handtasche. Einen Kulturbeutel besitze ich nicht.«

Sie seufzte, ging auf Tauchstation in ihrem Kosmetikkoffer und hielt mir eine große weiße Tube hin.

»Hier, trag wenigstens das hier auf.«

Ich bedankte mich mit einem ehrlichen Lächeln. Sie war zufrieden. Sie kann schon eine wahre Nervensäge sein, aber sie ist auch hilfsbereit. Das muss man ihr lassen.

Und sie mag es nicht, wenn Poren unter Schock stehen. Das bricht ihr das Herz.

Nach einem kurzen Moment fügte sie hinzu:

»Garance?«

»Mmmm …!

»Weißt du, was ich zutiefst ungerecht finde?«

»Die Gewinnspannen bei Marionnaud …«

»Dass du trotzdem gut aussehen wirst. Mit einem Hauch Lipgloss und einer Spur Wimperntusche wirst du richtig gut aussehen. Es fällt mir schwer, dir das zu sagen, aber es ist die Wahrheit …«

Ich war fassungslos. Es war das erste Mal seit Jahren, dass sie etwas Nettes zu mir sagte. Fast hätte ich sie umarmt, aber dann musste sie mir gleich wieder einen Dämpfer verpassen:

»He! Du verbrauchst ja meine ganze Tube! Die hier ist nicht von L'Oréal, will ich dir nur mal sagen.«

Das ist Carine, wie wir sie kennen. Aus Angst, dabei erwischt zu werden, wie sie einmal schwach wird, macht sie immer eine spitze Bemerkung, sobald sie einen gestreichelt hat.

Schade. So bringt sie sich um jede Menge schöner Momente. Es wäre ein schöner Moment für sie gewesen, wenn ich mich ihr ohne Vorwarnung an den Hals geworfen hätte. Ein spontaner Kuss zwischen zwei LKWs. Aber nein. Sie muss immer alles kaputtmachen.

Oft denke ich, dass ich sie ein paar Tage als Praktikantin zu mir holen sollte, um ihr beizubringen, wie man lebt.

Damit sie endlich ihre Schutzhülle fallenlässt, sich gehenlässt, den Kittel ablegt und die übelriechenden Ausdünstungen der anderen vergisst.

Es stimmt mich traurig, dass sie so ist, eingeschnürt in ihre Vorurteile und unfähig zu Zärtlichkeit. Und dann fällt mir wieder ein, dass sie von jenen lebenssprühenden Geschöpfen, Jacques und Francine Molinoux, am Ende einer Sackgasse in einer Vorortsiedlung von Le Mans erzogen wurde, und ich glaube, wenn man alles bedenkt, ist sie gar nicht so übel geraten.

Die Waffenruhe war nicht von langer Dauer, als Nächstes kriegte Simon seinen Teil ab:

»Fahr nicht so schnell. Verriegel die Türen, wir kommen gleich zu einer Mautstelle. Was ist das für ein Sender? Ich habe nicht gemeint, dass du jetzt zwanzig fahren sollst. Warum hast du die Klimaanlage runtergedreht? Achtung, Motorradfahrer. Bist du sicher, dass du die richtige Karte mitgenommen hast? Könnte Monsieur vielleicht mal die Schilder lesen? Wie ärgerlich, das Benzin war hier bestimmt billiger … Vorsicht in den Kurven, du siehst doch, dass ich mir die Nägel lackiere! Sag mal, machst du das extra?«

Ich sehe den Nacken meines Bruders in der Lücke zwischen Kopfstütze und Sitz. Sein schöner gerader Nacken und seine kurzgeschorenen Haare.

Ich frage mich, wie er das aushält und ob er nicht manchmal davon träumt, sie an einen Baum zu binden und einfach wegzufahren.

Warum redet sie mit ihm in diesem Ton? Weiß sie überhaupt, mit wem sie da spricht? Weiß sie, dass der Mann an ihrer Seite ein Bastelgenie war? Ein As im Umgang mit Modellbaukästen? Ein absoluter Lego-Experte?

Ein geduldiger kleiner Junge, der Monate damit zubringen konnte, einen verrückten Planeten zu konstruieren, mit getrockneten Flechten für den Boden und grässlichen Insekten, die er aus Brotkrumen und Spinnweben fabriziert hatte?

Ein eigensinniger kleiner Junge, der an allen Wettkämpfen teilnahm und sie fast alle gewann: Nesquik, Ovomaltine, Babybel, Caran d'Ache, Kellogg's und Micky-Maus-Club?

In einem Jahr war seine Sandburg so schön, dass ihn die Jurymitglieder mit dem Vorwurf, er habe sich helfen lassen, disqualifiziert haben. Er hat den ganzen Nachmittag geweint, und unser Großvater musste mit ihm in eine Crêperie gehen, um ihn zu trösten. Dort hat er hintereinander weg drei Becher Cidre getrunken.

Sein erster Rausch.

Ist ihr bewusst, dass ihr Göttergatte monatelang Tag und Nacht ein Superman-Cape aus rotem Seidenstoff getragen hat, das er sorgfältig zusammenlegte und in den Ranzen steckte, sobald er durch das Schultor trat? Der einzige Junge, der den Kopierer auf dem Bürgermeisteramt reparieren konnte. Und auch der einzige, der jemals Mylène Carois' Höschen gesehen hat, das war die Tochter der Fleischerei Carois und Söhne. (Er traute sich nicht, ihr zu sagen, dass es ihn nicht sonderlich interessierte.)

Simon Lariot, der zurückhaltende Simon Lariot, der stets unbeirrt seinen Weg gegangen ist, ohne sich mit anderen anzulegen.

Der sich nie auf dem Boden gewälzt, nie etwas gefordert, sich nie beschwert hat. Der die Vorbereitungskurse und die Zulassungsprüfung für die Bergakademie ohne Probleme und ohne Betablocker bestanden hat. Der das nicht feiern wollte und bis zu den Ohren errötete, als die Direktorin des Lycée Stendhal ihn auf der Straße umarmt hat, um ihm zu gratulieren.

Derselbe große Junge, der auf die Sekunde genau zwanzig Minuten lang lachen kann, wenn er an einem Joint zieht, und der *sämtliche* Flugbahnen *sämtlicher* Raumschiffe aus *Star Wars* kennt.

Ich sage nicht, dass er ein Heiliger ist, er ist besser.

Warum? Warum lässt er sich von ihr auf der Nase herumtanzen? Großes Geheimnis. Tausendmal schon wollte ich ihn schütteln, ihm die Augen öffnen und ihn auffordern, mit der Faust auf den Tisch zu hauen. Tausendmal.

Lola hat es einmal probiert. Er hat sie abblitzen lassen und geantwortet, es sei sein Leben.

Das stimmt. Es ist sein Leben. Aber uns macht es traurig.

Was bescheuert ist. Schließlich haben wir vor der eigenen Tür genug zu kehren …

Mit Vincent redet er am meisten. Schuld ist das Internet. Sie schreiben sich ständig, schicken sich alberne Witze und Webseiten, auf denen sie Vinylplatten, gebrauchte Gitarren und Freunde des Modellbaus finden. So hat Simon einen tollen Freund in Massachusetts aufgetrieben, die beiden tauschen Fotos ihrer ferngesteuerten Boote aus. Der Typ heißt Cecil (Sessil) W. (Dabbelju) Thurlinghton und wohnt in einem großen Haus auf Martha's Vineyard.

Lola und ich finden das superchic. Martha's Vineyard. »Die Wiege der Kennedys«, wie es in *Paris Match* heißt.

Wir träumen davon, in den Flieger zu steigen, uns Cecils

Privatstrand zu nähern und ihm zuzurufen: *»Yoohoo! We are Simon's sisters! Darling, Cecil! We are so very enchanted!«*

Wir stellen ihn uns im marineblauen Blazer mit einem altrosa Baumwollpulli über den Schultern und einer cremefarbenen Leinenhose vor. Einem Werbespot für Ralph Lauren entsprungen.

Wenn wir Simon von unseren Ideen erzählen, gerät sein Gleichmut ernsthaft in Gefahr.

»Man könnte meinen, du machst das extra! Jetzt ist schon wieder was danebengegangen!«

»Wie viele Schichten trägst du denn auch auf?«, fragt er schließlich besorgt.

»Drei.«

»Drei Schichten?«

»Den Unterlack, die Farbe und den Überlack.«

»Ach …«

»Vorsicht, Mensch! Sag mir doch Bescheid, wenn du bremst!«

Er zieht die Augenbrauen hoch. Nein. Sorry. Eine nur.

Was er wohl denkt, wenn er seine rechte Braue auf diese Weise hochzieht?

An einer Autobahnraststätte nahmen wir ein gummiartiges Sandwich zu uns. Ungenießbar, das Teil. Ich hatte mich für ein kleines Tagesgericht in einer Fernfahrerkneipe ausgesprochen, aber »dort waschen sie den Salat nicht gründlich«. Was stimmt. Das hatte ich vergessen. Also drei vakuumverpackte Sandwichs. (Wesentlich hygienischer.)

»Die schmecken zwar nicht, aber wenigstens weiß man, was man isst!«

So kann man es auch sehen.

Wir saßen draußen neben ein paar Müllcontainern. Alle zwei Sekunden hörten wir ein »Wrrrrrrummmmmm« oder ein »Brrrrrrrummmmmmm«, aber ich wollte eine Zigarette rauchen, und Carine verträgt keinen Tabakgeruch.

»Ich muss mal wohin«, verkündete sie mit gequältem Gesichtsausdruck. »Das ist hier bestimmt nicht der große Luxus …«

»Warum verschwindest du nicht im Gebüsch?«, fragte ich.

»Vor allen Leuten? Bist du verrückt?«

»Du kannst ja ein Stückchen weggehen. Ich komme mit, wenn du willst.«

»Nein.«

»Warum nicht?«

»Dann werden meine Schuhe schmutzig.«

»Ach was. Was können drei Tröpfchen schon anrichten?«

Sie war aufgestanden, ohne mich einer Antwort zu würdigen.

»Weißt du, Carine«, verkündete ich feierlich, »wenn du dich irgendwann entschließen solltest, im Freien zu pinkeln, wirst du ein glücklicherer Mensch sein.«

Sie griff nach ihren Erfrischungstüchern.

»Mir geht es bestens, danke für die Anteilnahme.«

Ich wandte mich meinem Bruder zu. Er fixierte die Maisfelder, als wollte er die Maiskolben einzeln zählen. Er schien nicht besonders in Form.

»Alles in Ordnung?«

»Alles in Ordnung«, antwortete er, ohne sich umzudrehen.

»Sieht nicht so aus.«

Er rieb sich das Gesicht.

»Ich bin müde.«

»Wovon?«

»Von allem.«

»Duuu? Das glaub ich dir nicht.«

»Es ist aber so.«

»Ist es die Arbeit?«

»Die Arbeit. Das Leben. Alles.«

»Warum sagst du das?«

»Warum sollte ich es nicht sagen?«

Erneut kehrte er mir den Rücken zu.

»He! Simon! Was tust du uns an? So darfst du nicht reden. Du bist der Held der Familie, wenn ich dich daran erinnern darf!«

»Eben. Der Held ist gerade müde.«

Ich war baff. Es war das erste Mal, dass ich ihn so antriebslos sah.

Wenn Simon schon anfing zu zweifeln, was war dann erst mit uns?

Genau in dem Moment, und das ist wirklich ein Wunder, behaupte ich, worüber ich nicht erstaunt bin, muss ich dazusagen, und ich umarme den Schutzheiligen der Geschwister, der seit fast fünfunddreißig Jahren über uns wacht und sich nicht über Arbeitsmangel beklagen kann, der arme Kerl, klingelte sein Handy.

Es war Lola, die sich jetzt doch entschieden hatte und ihn fragte, ob er sie am Bahnhof von Châteauroux abholen würde.

Sofort stieg die Stimmung. Er steckte sein Handy in die Hosentasche und bat mich um eine Zigarette. Carine kam zurück und polierte ihre Arme bis zum Ellbogen mit einem Erfrischungstuch. Sie erinnerte ihn an die exakte Zahl der Krebsopfer infolge ... Und er wedelte mit der Hand, als wollte er eine Fliege vertreiben, woraufhin sie sich hüstelnd entfernte.

Lola würde kommen. Lola wäre bei uns. Lola ließ uns nicht im Stich, da konnte der Rest der Welt untergehen.

Simon hatte die Sonnenbrille aufgesetzt. Er lächelte.

Seine Lola saß im Zug …

Die beiden haben einen ganz besonderen Draht zueinander. Zum einen sind sie am dichtesten beieinander, achtzehn Monate Altersunterschied, zum anderen waren sie zusammen *Kinder.*

Wenn jemand Mist baute, waren es die beiden. Lola hatte eine unbändige Phantasie, und Simon fügte sich (schon damals), sie sind ausgerissen, haben sich verlaufen, sich geschlagen, sich gegenseitig gequält und sich wieder versöhnt. Mama erzählt, dass sie ihn permanent schikaniert hat, dass sie ständig in sein Zimmer gestürmt ist und ihm sein Buch aus den Händen gerissen oder seinen Playmos einen Tritt versetzt hat. Meine Schwester mag es nicht, wenn man sie an diese kriegerischen Heldentaten erinnert (sie hat den Eindruck, mit Carine in einen Topf geworfen zu werden!), darum fühlt sich unsere Mutter immer genötigt, die Dinge wieder ins rechte Licht zu rücken und hinzuzufügen, dass Lola sich sehr bemüht hat, etwas auf die Beine zu stellen, die Kinder aus der ganzen Gegend einzuladen und sich jede Menge neuer Spiele auszudenken. Dass sie eine coole Anführerin war, die tausend Ideen pro Minute ausheckte und wie eine eifersüchtige Henne über ihren großen Bruder wachte. Sie machte ihm Dinosaurierkuchen mit Kakao und holte ihn von seinen Legos weg, wenn Godorak oder Albator im Fernsehen liefen.

Lola und Simon haben die Glanzzeiten miterlebt. In Villiers. Als wir alle in einem gottverlassenen Kuhdorf gewohnt haben und unsere Eltern zusammen glücklich waren. Für sie begann die Welt vor der Haustür und hörte am Ende des Dorfes auf.

Gemeinsam haben sie vor Stieren, die keine waren, Reißaus genommen und haben sich in Häusern rumgetrieben, in denen es wirklich spukte.

Sie haben an der Türglocke der alten Margeval gezogen, bis diese reif fürs Altersheim war, haben Fallen zerstört, in öffentliche Waschplätze gepinkelt, die schweinischen Illustrierten des Dorfschullehrers gefunden, Knallfrösche geklaut, Riesenböller gezündet und Katzenjunge aus dem Teich gezogen, die irgendein Dreckskerl lebend in eine Plastiktüte gesteckt hatte.

Bum. Sieben Kätzchen auf einen Streich. Unser Pop war überglücklich!

Und an dem Tag, als die Tour de France durch unser Dorf kam, sind sie losgezogen, haben fünfzig Baguettes besorgt und jede Menge Sandwichs verkauft. Von dem Erlös haben sie sich Scherzartikel geholt, sechzig Kaugummipäckchen von Malabar, ein Springseil für mich, eine kleine

Trompete für Vincent (damals schon!) und den neuesten *Yoko Tsuno*.

Ja, es war eine andere Kindheit ... Sie wussten, was eine Dolle ist, rauchten Schlingkraut und kannten den Geschmack von Stachelbeeren. Übrigens ist der Vorfall, der sie am meisten geprägt hat, heimlich hinter der Tür zum Schuppen dokumentiert:

»Heute, am 8. ~~Ar~~ Abril haben wir den Farer in kurzen Hosen geseen.«

Und dann haben sie zusammen die Scheidung unserer Eltern erlebt. Vincent und ich waren noch zu klein. Wir haben den Betrug erst am Tag des Auszugs begriffen. Sie hingegen hatten Gelegenheit, das Schauspiel in seiner vollen Länge zu genießen. Sie standen nachts auf und setzten sich nebeneinander auf die oberste Treppenstufe, um zu hören, wie sie »sich aussprachen«. Einmal hat Pop abends den riesigen Küchenschrank umgeworfen, und Mama ist mit dem Auto davongefahren.

Sie saßen zehn Stufen weiter oben und lutschten am Daumen.

Es ist bescheuert, das alles so zu erzählen, ihr Zusammenhalt hängt noch mit ganz anderen Dingen zusammen als mit diesen etwas bedrückenden Momenten. Egal ...

Bei Vincent und mir war das ganz anders. Wir haben unsere Kindheit in der Stadt verbracht. Wir waren unfähig, einen Fahrradschlauch zu flicken, aber wir wussten, wie man Kontrolleure an der Nase herumführt, wie man einen Kinosaal durch den Notausgang betritt oder ein Skateboard repariert.

Dann ist Lola in einem Internat verschwunden, und es war keiner mehr da, der Streiche mit uns angezettelt und uns durch den Garten gescheucht hätte …

Wir schrieben uns jede Woche. Sie war meine geliebte große Schwester. Ich habe sie idealisiert, habe ihr Zeichnungen geschickt und Gedichte für sie geschrieben. Wenn sie nach Hause kam, fragte sie mich, ob Vincent sich während ihrer Abwesenheit ordentlich benommen habe. Natürlich nicht, antwortete ich dann, natürlich nicht. Und ich erzählte ihr im Detail, welchen Gemeinheiten ich in der vergangenen Woche ausgesetzt gewesen war. Daraufhin zerrte sie ihn zu meiner großen Freude ins Badezimmer, um ihn zu züchtigen.

Je lauter mein Bruder brüllte, um so mehr strahlte ich.

Aber einmal wollte ich, um mein Vergnügen zu steigern, das Ganze mit eigenen Augen sehen. Und siehe da, o Schreck, meine Schwester drosch auf eine Nackenrolle ein, während Vincent im Rhythmus dazu brüllte und *Schnieff und Schnuff* las. Die Enttäuschung war riiiiesig. An diesem Tag ist Lola von ihrem Sockel gestürzt.

Was nicht schlecht war. Von nun an waren wir auf Augenhöhe.

Heute ist sie meine beste Freundin. So wie bei Montaigne und La Boétie, Sie wissen schon ... Ganz einfach, weil sie es war, weil ich es war. Und dass diese junge Frau von zweiunddreißig Jahren meine ältere Schwester ist, spielt überhaupt keine Rolle mehr. Außer vielleicht in der Beziehung, dass wir keine Zeit damit verloren haben, uns zu finden.

Ihr entsprachen *Die Essais,* die tollen Theorien, dass man für seine Unbeugsamkeit bestraft wird und dass Philosophieren heißt, Sterben zu lernen. Mir entsprach *Von der freiwilligen Knechtschaft,* mit all den unendlichen Missständen und den Tyrannen, die ihre Größe nur dem Umstand verdanken, dass wir vor ihnen auf den Knien liegen. Ihr gehörte die erhabene Weisheit, mir die Urteilsverkündung. Uns beiden der Eindruck, von allem die Hälfte zu sein, dass die eine ohne die andere nur ein Halbes ist.

Dabei sind wir ziemlich verschieden. Sie hat Angst vor ihrem Schatten, ich pfeife auf ihn. Sie schreibt Sonette ab, ich lade Samples herunter. Sie bewundert Maler, ich bevorzuge Fotografen. Sie sagt nie, was sie auf dem Herzen hat, ich sage, was ich denke. Sie mag keine Auseinandersetzungen, mir gefällt es, wenn die Dinge geklärt sind. Sie ist gern ein wenig »angesäuselt«, ich trinke lieber richtig. Sie geht nicht gern aus, ich will nicht gern nach Haus. Sie kann sich nicht amüsieren, ich komme nicht ins Bett. Sie mag nicht spielen, ich hasse es zu verlieren. Sie hat unendlich weite Arme, meine Menschenfreundlichkeit ist angeknackst. Sie regt sich niemals auf, ich flippe oft aus.

Sie behauptet, die Welt gehöre den Frühaufstehern, ich beknie sie, nicht so laut zu reden. Sie ist romantisch, ich bin pragmatisch. Sie ist verheiratet, ich bin flatterhaft. Sie schläft nicht mit einem Kerl, ohne verliebt zu sein, ich nicht ohne Kondom. Sie – Sie braucht mich, und ich brauche sie.

Sie verurteilt mich nicht. Sie nimmt mich, wie ich bin. Mit grauem Teint und schwarzen Gedanken. Oder mit rosigem Teint und Ideen wie Goldknöpfen. Lola weiß, wie es ist, große Lust auf eine Cabanjacke oder hochhackige Schuhe zu haben. Sie versteht die unbändige Freude, wenn eine Kreditkarte heißläuft, und die Vorwürfe danach, wenn sie wieder abgekühlt ist. Lola verwöhnt mich. Sie hält den Vorhang, wenn ich in der Umkleidekabine stehe, behauptet immer, dass ich gut aussehe und nein, die Hose macht auf keinen Fall einen dicken Po. Sie fragt mich jedesmal, wie es mit der Liebe geht, und zieht ein Gesicht, wenn ich von meinen Liebhabern erzähle.

Haben wir uns lange nicht gesehen, gehen wir zusammen in die Kneipe, zu Bofinger oder Balzar, um uns ein paar Kerle anzuschauen. Ich konzentriere mich auf die Jungs an den Nebentischen, sie konzentriert sich auf die Kellner. Sie ist fasziniert von diesen großen Tölpeln mit taillierter Weste. Sie folgt ihnen mit dem Blick, dichtet ihnen ein Schicksal à la Claude Sautet an und seziert ihre gewählten Umgangsformen. Witzig ist es in dem Moment, wenn einer am Ende seiner Schicht in die falsche Richtung läuft. Dann sieht er nach gar nichts mehr aus. Eine Jeans oder eine Trainingshose hat die weiße Schürze ersetzt, und der Abschied von den Kollegen fällt eher wenig elegant aus:

»Tschüss, Bernard!«

»Tschüss, Mimi. Sieht man sich morgen?«

»Das glaub mal nur, mein Lieber.«

Lola schlägt die Augen nieder und wischt mit den Fingern ihren Teller ab. Das war's dann wohl mit Vincent, François, Paul und den anderen …

Wir hatten uns ein wenig aus den Augen verloren. Ihr Internat, ihr Studium, ihre Hochzeitsliste, ihre Urlaube bei den Schwiegereltern, die Essenseinladungen …

Wir umarmten uns zwar, aber es fehlte die Herzlichkeit. Sie hatte das Lager gewechselt. Oder eher die Mannschaft. Sie spielte zwar nicht *gegen* uns, aber sie spielte in einer Liga, die uns ein wenig langweilte. Eine Art Kricket für Doofe mit unverständlichen Regeln, wo man hinter einem Teil herrennt, das man nie sieht und das außerdem weh tut … Ein ledernes Teil mit einem Kern aus Kork. (He, Lolo! Ohne es zu wollen, habe ich gerade dein Leben auf den Punkt gebracht!)

Während wir, »die Kleinen«, noch mit elementareren Dingen beschäftigt waren. Schöner Rasen ⇒ Jippi! Getränkedosen und Purzelbäume. Große Jungs in weißen Trikots ⇒ Grunz grunz! Kricketschläger auf den Po. Na ja, Sie verstehen schon ... Mitnichten die nötige Reife für Spaziergänge um den Neptunbrunnen ...

Wir schickten uns also kleine Grüße aus der Ferne. Sie hat mich zur Patin ihres ersten Kindes gemacht, ich sie zur Müllhalde für meinen ersten Liebeskummer (was habe ich geheult – ganze Taufbecken voll), aber zwischen derlei Großereignissen passierte nicht viel. Geburtstage, Familientreffen, ein paar heimliche Zigaretten hinter dem Rücken ihres Göttergatten, ein verschwörerisches Augenzwinkern oder ihr Kopf auf meiner Schulter beim Betrachten derselben Fotos ...

So war das Leben. Ihres zumindest.

Respekt.

Und dann ist sie zu uns zurückgekehrt. Das Haupt voller Asche, mit dem entgeisterten Blick der Pyromanin, die die Streichholzschachtel zurückbringt, forderte sie eine Scheidung, mit der kein Mensch gerechnet hatte. Und man muss zugeben, dass sie sich wahrlich nicht in die Karten hat blicken lassen, das Schlitzohr. Alle hielten sie für glücklich. Und ich glaube sogar, wir haben sie dafür bewundert, dass sie so schnell und leicht aus der Familie herausgefunden hat. »Lola macht's richtig«, gaben wir ohne Bitterkeit oder Neid zu. Lola ist nach wie vor am besten darin, sich neue Schatzsuchen auszudenken.

Und dann tatatataaaa. Programmwechsel.

Zu meiner Überraschung und zu einer für sie völlig ungewöhnlichen Uhrzeit kreuzte sie bei mir auf. Zur Zeit des abendlichen Kinderbadens und der Gute-Nacht-Geschichten. Sie heulte, sie entschuldigte sich. Sie glaubte allen Ernstes, ihre Familie sei ihre Daseinsberechtigung, und der Rest, der ganze Rest, das, was in ihrem Kopf schwelte, ihr heimliches Leben und die vielen Fältchen in ihrer Seele, seien nicht so wichtig. Wichtig war, dass sie fröhlich wirkte und das Joch trug, ohne sich etwas anmerken zu lassen. Und als es komplizierter wurde, gab es die Einsamkeit, die Malerei – die Spaziergänge mit dem Buggy, die immer länger wurden, die Kinderbücher und das häusliche Leben, in das man sich so bequem zurückziehen konnte.

O ja. Superbequem, wenn der Blick nicht weiter reicht als bei der kleinen roten Henne aus der Kinderbuchreihe *Père Castor* …

Rothenne ist eine gute Hausfrau:
Kein Staubkörnchen auf den Möbeln,
In den Vasen hat sie Blumen
Und an den Fenstern hübsche, gebügelte Vorhänge.
Da kommt man gerne zu Besuch.

Nur dass sie der kleinen Rothenne jetzt, ritschratsch, die Kehle durchgeschnitten hatte. Ich bin genau wie die anderen aus allen Wolken gefallen. Mir fehlten die Worte. Sie hatte nie geklagt, hatte mir nie von ihren Zweifeln erzählt und gerade einen entzückenden zweiten Jungen zur Welt gebracht. Sie wurde geliebt. Sie hatte alles, wie man so schön sagt. Wie die Dummköpfe sagen.

Wie reagiert man, wenn man erfährt, dass das persönliche Sonnensystem aus den Fugen geraten ist? Was sagt man in einem solchen Fall? Gute Güte, bisher war sie es gewesen, die uns den rechten Weg gezeigt hatte. Wir hatten ihr vertraut. Das heißt, ich hatte ihr vertraut. Wir blieben lange auf dem Boden sitzen und zischten einen Wodka. Sie heulte, wiederholte immer wieder, dass sie nicht mehr ein noch aus wisse, schwieg und begann erneut zu heulen. Wie auch immer sie sich entscheiden würde, sie wäre unglücklich. Ob sie ging oder blieb, das Leben wäre nicht mehr lebenswert.

Mit Hilfe von Büffelgras und Wodka konnte ich sie ein wenig aufbauen. He! Sie hatte nicht allein Schiffbruch erlitten! Wenn das Heft mit der Spielanleitung dick wie ein Telefonbuch ist und du auf einem bescheuerten Stück Rasen im Kreis läufst, ohne dass dich jemand unterstützt, schon gar nicht er, dann ist klar, dass man irgendwann – äh – nix wie weg!

Sie verstand mich nicht.

»Und für die Kleinen, kannst du – kannst du nicht noch ein wenig durchhalten?«, habe ich schließlich geflüstert und ihr ein weiteres Päckchen Taschentücher gereicht. Bei meiner Frage versiegten ihre Tränen auf einen Schlag. Ob ich denn gar nichts begriffen hätte? Das ganze Blutbad galt doch ihnen. Damit sie nicht zu leiden brauchten. Damit sie nicht hören mussten, wie ihre Eltern sich in der Nacht stritten und weinten. Und weil man nicht in einem Haus aufwachsen kann, in dem sich die Leute nicht mehr liebhaben, oder?

Nein. Das kann man nicht. Wachsen vielleicht, aber nicht aufwachsen.

Was jetzt folgte, war übel. Anwälte, Tränen, Erpressung, Kummer, durchwachte Nächte, Müdigkeit, Verzicht, Schuldgefühle, der Schmerz des einen gegen den Schmerz des anderen, Aggressivität, Bescheinigungen, Gerichtsverfahren, Parteibildungen, Berufung, Luftmangel und Kopf gegen die Wand. Und mittendrin zwei kleine Jungs mit hellen Augen, für die sie weiterhin den Kasper machte, indem sie sich auf dem Bettrand sitzend Geschichten von furzenden Prinzen und doofen Prinzessinnen ausdachte. Das war gestern, und die Glut ist noch warm. Es braucht nicht viel, dass der vom Kummer gezeugte Kummer von neuem die Schleusen öffnet, und ich weiß, wie schwierig es morgens mitunter ist. Kürzlich hat sie mir gestanden, dass sie, wenn die Kinder zum Vater fuhren, lange vorm Spiegel in der Diele stand und zusah, wie sie weinte.

Sich auflöste.

Das war der Grund, warum sie eigentlich nicht mit zur Hochzeit kommen wollte.

Sich die Familie antun. Die Onkel, die alten Tanten und entfernten Cousins. Die ganzen Leute, die nicht geschieden sind. Die sich arrangiert haben. Die es anders gemacht haben. Ihre leicht teilnahmsvollen oder leicht bestürzten Mienen. Das ganze Theater. Das jungfräuliche Weiß, die Bachkantaten, die ewigen, auswendig gelernten Treueschwüre, die Pennäler-Reden, beide Hände auf dem Kuchenmesser und *An der schönen blauen Donau,* wenn die Füße langsam zu schmerzen begannen. Aber vor allem: die Kinder. Die der anderen.

Die den ganzen Tag herumtoben, die Ohren leicht gerötet, weil sie die Reste in den Gläsern ausgetrunken haben, die ihre schönen Kleider beschmutzt haben und betteln, dass sie nicht sofort ins Bett müssen.

Die Kinder rechtfertigen die Familientreffen und versöhnen uns damit.

Ihnen zuzusehen ist immer noch das Schönste. Sie sind die Ersten auf der Tanzfläche und die Einzigen, die sich trauen zu sagen, dass der Kuchen eklig schmeckt. Sie verlieben sich zum ersten Mal im Leben und schlafen erschöpft auf dem Schoß ihrer Mütter ein. Pierre war als Brautführer vorgesehen, er hatte schon festgestellt, dass sein Cyberschwert perfekt in den Gürtel passte, und fragte sich, ob er nach der Kollekte wohl ein paar Geldstücke stibitzen könnte. Aber Lola hatte sich auf dem Kalender des Richters versehen: Es war nicht ihr Wochenende. Kein Körbchen und keine Reisschlacht auf dem Kirchplatz. Man hat ihr vorgeschlagen, Thierry anzurufen, um zu fragen, ob sie das Wochenende tauschen könnten. Sie hat auf den Vorschlag nicht einmal reagiert.

Aber sie würde kommen! Und Vincent würde uns ebenfalls erwarten! Wir könnten uns zu viert an einen Tisch etwas abseits setzen, hinter einem Zelt ein paar Flaschen stibitzen und uns über den Hut von Tante Solange auslassen, über die Hüften der Braut und das lächerliche Gebaren unseres Cousins Hubert mit seinem geliehenen Zylinder, den er auf die großen Ohren gedrückt hatte. (Seine Mutter hatte von einer Korrektur derselben nichts wissen wollen, denn »man zerstört nicht Gottes Werk«.) (He? Klingt herrlich nach antiker Tragödie, oder?)

Die Familie kam wieder zusammen. Das Leben versuchte sich im Viererpuzzle.

Schön ist die Welt, kommt Schwestern, lasst uns reisen …

* * *

»Warum fährst du hier ab?«

»Wir sammeln Lola noch auf«, antwortet Simon.

»Wo das denn?«, sein Schatz erstickte fast an der Frage.

»Am Bahnhof von Châteauroux.«

»Ist das ein Witz?«

»Keineswegs. Sie kommt in vierzig Minuten an.«

»Warum hast du mir das nicht gesagt?«

»Ich habe es vergessen. Sie hat mich vorhin angerufen.«

»Wann?«

»Als wir an der Raststätte waren.«

»Ich habe nichts gehört.«

»Du warst auf der Toilette.«

»Aha. Ich verstehe …!

»Was verstehst du?«

»Nichts.«

Ihre Lippen besagten das Gegenteil.

»Gibt's ein Problem?«, fragte mein Bruder verwundert.

»Nein. Kein Problem. Überhaupt kein Problem. Nur, dass du dir das nächste Mal am besten ein Taxischild aufs Autodach schraubst, um Missverständnisse zu vermeiden.«

Er reagierte nicht. Seine Fingergelenke erblassten.

Carine hatte Léo und Alice bei ihrer Mutter gelassen, um – ich zitiere, Doppelpunkt, Anführungszeichen, *ein romantisches Liebeswochenende* zu verbringen, drei Pünktchen, Abführungsstriche.

Es versprach heiß herzugehen!

»Und ihr, habt ihr auch noch die Absicht, im selben Hotelzimmer zu übernachten wie wir?«

»Nein, nein«, ich schüttelte den Kopf, »mach dir keine Sorgen.«

»Habt ihr was reserviert?«

»Äh – nein.«

»Na klar. Hab ich's mir doch gedacht.«

»Aber das ist überhaupt kein Problem. Wir schlafen, wo es passt! Wir übernachten bei Tante Paule!«

»Tante Paule hat kein Bett mehr frei. Das hat sie mir vorgestern noch am Telefon gesagt.«

»Dann schlafen wir halt gar nicht, fertig aus!«

Darauf antwortete sie Sonhobeltespak und spielte mit den Fransen ihres Pashmina-Schals.

Ich stellte mich taub.

Zu allem Überfluss hatte der Zug auch noch zehn Minuten Verspätung, und als er endlich einlief und die Fahrgäste ausstiegen, war weit und breit keine Lola zu sehen.

Simon und ich bekamen es mit der Angst.

»Seid ihr sicher, dass ihr Châteauroux und Châteaudun nicht verwechselt habt?«, krakeelte die Schnepfe.

Und dann tauchte sie endlich auf. Ganz am Ende des Bahnsteigs. Sie hatte im letzten Waggon gesessen, war bestimmt Hals über Kopf in den Zug gestiegen, aber sie war leibhaftig zu sehen und kam winkend auf uns zu.

Ganz sie selbst und so, wie ich es erwartet hatte. Ein Lächeln auf den Lippen, der etwas wiegende Gang, die Ballerinas, die weiße Hemdbluse und ihre alte Jeans.

Sie trug einen total flippigen Hut. Ein riesiges Teil mit breiter Krempe und einem breiten schwarzen Seidenripsband.

Sie hat zuerst mich umarmt. Was siehst du gut aus, sagte sie, hast du dir die Haare schneiden lassen? Dann umarmte sie Simon, streichelte ihm den Rücken und setzte ihren großen Hut ab, um Carines Löckchen nicht zu gefährden.

Sie war gezwungen gewesen, sich in den Fahrradwagen zu setzen, um ihre Flügelhaube ablegen zu können, und fragte, ob wir einen kleinen Umweg über die Bahnhofgaststätte machen könnten, damit sie sich ein Sandwich kaufen konnte. Carine warf einen Blick auf die Uhr, und ich nutzte den Moment, um mir eine Promizeitschrift zu kaufen.

Die Klatschpresse. Eine süße Versuchung …

Wir stiegen wieder ins Auto. Lola fragte ihre Schwägerin, ob sie ihren Hut auf den Schoß nehmen könne. Kein Problem, antwortete diese mit einem etwas gezwungenen Lächeln. Kein Problem.

Meine Schwester reckte das Kinn, wie um zu fragen, was ist los?, und ich verdrehte die Augen, um ihr zu signalisieren, alles wie immer.

Daraufhin lächelte sie und fragte Simon, ob er Musik im Auto habe.

Carine antwortete, ihr brumme der Schädel.

Ich lächelte ebenfalls.

Anschließend fragte Lola, ob jemand Nagellack für ihre Fußnägel dabeihabe. Einmal, zweimal, keine Antwort. Schließlich hielt unsere Lieblingsapothekerin ihr ein kleines rotes Fläschchen hin:

»Aber gib auf die Sitze acht, ja?«

Danach haben wir uns typisch schwesterliche Sachen erzählt. Diese Szene überspringe ich. Sie enthält zu viele Geheimcodes, Auslassungen und jede Menge Gekicher. Und ohne Ton bringt es nicht viel.

Schwestern werden das verstehen.

Dann waren wir mitten in der Pampa, Carine hielt die Karte, und Simon wurde ständig angepflaumt. Irgendwann sagte er:

»Gib Garance die verdammte Karte! Sie ist die einzige mit Orientierungssinn in dieser verfluchten Familie!«

Wir haben uns auf dem Rücksitz angeschaut und die Stirn gerunzelt. Zwei Flüche in einem Satz und ein Ausrufezeichen am Ende. Das war kein gutes Zeichen.

Kurz bevor wir zum Schlösschen unserer Tante Paule kamen, hat Simon einen kleinen mit Brombeerbüschen gesäumten Weg aufgetan. Wir stürzten uns auf die Beeren und riefen uns mit Tremolos in der Stimme die Laubengänge unseres Hauses in Villiers in Erinnerung. Carine, die ihren Hintern nicht vom Auto wegbewegt hatte, erinnerte uns daran, dass die Füchse auf die Beeren pinkelten.

Das war uns egal.

Großer Irrtum …

»Ach so. Und der Fuchsbandwurm, nie davon gehört, was? Die Larven der Parasiten werden durch den Urin übertragen und …«

Mea culpa, mea maxima culpa, ich konnte mich nicht länger beherrschen:

»So ein Schwachsinn! Der reinste Bullshit ist das! Füchse haben zum Pissen die ganze Natur! Die ganzen Wege hier!

Die ganzen Böschungen! Die ganzen Bäume und die ganzen Felder drumrum, warum sollten sie ausgerechnet hierher kommen und auf unsere Brombeeren pissen?! Totaler Blödsinn ist das! So was bringt mich um. Genau *das* macht mich krank. Leute wie du, die einem immer alles verderben müssen …«

Sorry. Mea culpa. Es ist alles meine Schuld. Ganz allein meine Schuld. Ich hatte mir geschworen, mich gut zu benehmen. Ich hatte mir geschworen, eine wahrhaft zenmäßige Ruhe zu bewahren. Noch heute Morgen hatte ich mich mit dem Zeigefinger im Spiegel gewarnt: Garance, keine Scherereien mit der guten Carine, ja? Du bringst sie ausnahmsweise mal nicht auf die Palme. Doch jetzt bin ich meinen Vorsätzen untreu geworden. Es tut mir leid. Ich bin zutiefst betrübt. Sie hat uns die Freude an den Brombeeren ruiniert und unser bisschen Kindheit gleich mit. Sie geht mir dermaßen auf den Keks. Ich kann sie nicht ausstehen. Noch eine Bemerkung, und ich stopfe ihr mit Lolas Sombrero das Maul.

Sie schien die aufziehende Gefahr zu spüren, denn sie schloss die Autotür und warf den Motor an. Wegen der Klimaanlage.

Auch das nervt mich, Leute, die beim Anhalten den Motor nicht ausmachen, nur um warme Füße oder einen kühlen Kopf zu haben, aber lassen wir das. Über die Erderwärmung reden wir ein andermal. Sie hatte sich eingeschlossen, das war schon mal was. Sehen wir es positiv.

Simon vertrat sich die Beine, während wir uns umzogen. Ich hatte mir also in der Passage Brady, im Multikulti-Viertel gleich bei mir um die Ecke, einen wunderschönen Sari gekauft. Er war türkis, mit Goldfaden durchwirkt und mit Perlen und winzigen Glöckchen bestickt. Ich trug ein kleines ärmelloses Oberteil, einen langen geraden Rock, sehr eng geschnitten und sehr hoch geschlitzt, und ein großes Stück Stoff, um alles zu verhüllen.

Wunderschön.

Ein paar Klunkerohrringe, sämtliche Amulette aus Rajasthan um den Hals, zehn Armbänder am rechten Handgelenk und am linken fast doppelt so viele. »Das steht dir gut«, erklärte Lola. »Unglaublich. So was kannst nur du dir erlauben. Du hast so einen hübschen Bauch, so flach, so muskulös ...«

»He«, antwortete ich freudestrahlend, während ich ihn in Falten legte, »sechster Stock ohne Aufzug ...«

»Bei mir haben die Schwangerschaften den Nabel eingeklammert. Du wirst schön aufpassen, ja? Du wirst dich jeden Tag eincremen ...«

Ich zuckte mit den Schultern. So weit reichten meine Pläne nicht.

»Machst du mir die Knöpfe zu?«, piepste sie und drehte sich um.

Lola trug zum wiederholten Mal ihr Kleid aus grober schwarzer Seide. Sehr nüchtern, runder Ausschnitt, ärmellos und mit tausend winzigen Knöpfen auf dem Rücken, wie bei einer Soutane.

»Du hast dich für die Hochzeit unseres lieben Hubert nicht gerade in Unkosten gestürzt«, stellte ich fest.

Lächelnd drehte sie sich um:

»Pass bloß auf…«

»Was ist?«

»Was schätzt du, was der Hut gekostet hat?«

»Zweihundert?«

Sie zuckte mit den Schultern.

»Wieviel?

»Das kann ich dir nicht sagen«, gluckste sie, »es ist zu schrecklich.«

»Hör auf, so zu lachen, du Weib, ich krieg sonst die Knöpfe nicht zu.«

Es war das Jahr der Ballerinas. Ihre waren geschmeidig und mit Schleifen, meine mit Goldplättchen.

Simon klatschte in die Hände:

»Auf, ihr Bluebell Girls, einsteigen bitte!«

Während ich mich auf den Arm meiner Schwester stützte, um nicht zu straucheln, brummte ich:

»Ich sag's dir, wenn dieser Drachen mich fragt, ob ich zu einem Kostümball will, stopfe ich ihr das Maul mit deinem Hut.«

Carine hatte noch keine Zeit gehabt, den Mund aufzumachen, da spritzte ich vom Sitz wieder auf. Mein Rock war zu eng, und ich musste ihn ausziehen, damit er nicht riss.

Im String-Tanga auf den Viskose-Alpaka-Sitzen fühlte ich mich ganz – erhaben.

Wir haben uns mit meiner Puderdose geschminkt, während unsere nationale Fuchsbandwurmspezialistin im Make-up-Spiegel ihre Ohrklipps richtete.

Simon flehte uns an, uns nicht alle drei gleichzeitig mit Parfüm zu besprühen.

Pünktlich kamen wir in dem gottverlassenen Dorf an. Ich schlüpfte hinter dem Wagen in meinen Rock, und wir bewegten uns unter den staunenden Augen der Dörfler, die hinter den Fenstern lauerten, zum Kirchplatz.

Die hübsche junge Frau in Grau und Rosa, die sich weiter hinten mit Onkel Georges unterhielt, war unsere Mama. Wir fielen ihr um den Hals und passten auf, dass ihre Küsse keine Spuren hinterließen.

Diplomatisch, wie sie ist, hat sie zunächst ihre Schwiegertochter umarmt und ihr ein Kompliment zu ihrem Outfit gemacht, dann wandte sie sich lachend an uns:

»Garance. Du siehst super aus! Fehlt nur noch der rote Punkt auf der Stirn!«

»Das fehlte noch«, gab Carine ihren Senf dazu, bevor sie sich auf den armen blassen Onkel stürzte, »meines Wissens sind wir nicht beim Karneval ...«

Lola machte Anstalten, mir ihren Hut zu reichen, und wir prusteten los.

Unsere Mutter drehte sich zu Simon um:

»Waren sie auf der ganzen Fahrt so unerträglich?«

»Schlimmer«, bestätigte er mit ernstem Gesicht.

Und fügte hinzu:

»Und Vincent? Ist er nicht mit dir gekommen?«

»Nein. Er arbeitet.«

»Wo arbeitet er denn?«

»Na, immer noch auf diesem Schloss.«

Unser ältester Bruder war mit einem Schlag um zehn Zentimeter geschrumpft.

»Aber – ich dachte – er hatte mir doch gesagt, dass er kommt.«

»Ich habe versucht, ihn zu überreden, aber da war nichts zu machen. Du weißt doch, er und die Bussi-Gesellschaft ...«

Simon wirkte verzweifelt.

»Ich habe ein Geschenk für ihn dabei. Eine Vinylplatte, die nirgendwo mehr aufzutreiben ist. Außerdem wollte ich ihn so gern sehen. Ich habe ihn seit Weihnachten nicht gesehen. Jetzt bin ich richtig enttäuscht. Mensch, darauf muss ich einen trinken …«

Lola schnitt eine Grimasse:

»Calamba. El ist nicht in Folm, del gute Simone …«

»Was du nicht sagst«, gab ich zurück und schielte nach der Miss Spielverderberin, die all unsere alten Tanten abknutschte, »was du nicht sagst.«

»Ihr seid jedenfalls ganz bezaubernd, Mädels! Ihr werdet ihn aufmuntern, euren Bruder, und heute Abend mit ihm das Tanzbein schwingen, stimmt's?«

Und sie zog davon, um die obligatorische Begrüßungsrunde fortzusetzen.

Mit dem Blick folgten wir der kleinen zarten Frau. Ihre Anmut, ihr Gang, ihr gewisses Etwas, ihre Eleganz, ihre Klasse.

Eine wahre Pariserin.

Lolas Gesicht hatte sich verfinstert. Zwei reizende kleine Mädchen rannten lachend hinter der Hochzeitsgesellschaft her.

»Gut«, sagte sie, »ich glaube, ich werde Simons Beispiel folgen …«

Wie ein Trottel blieb ich mitten auf dem Platz zurück, die Schöße meines Saris hingen schlaff herab.

Nicht sehr lange jedoch, da näherte sich gackernd unsere Cousine Sixtine:

»He, Garance! Harekrishna! Willst du zu einem Kostümball, oder was?«

Ich lächelte, so gut es ging, und verzichtete darauf, ihren schlecht gebleichten Damenbart und ihr apfelgrünes Christine Laure-Kostüm aus Besançon zu kommentieren.

Nachdem sie sich wieder entfernt hatte, hängte sich Tante Geneviève an mich:

»Mein Gott, bist du es tatsächlich, meine kleine Clémence? Mein Gott, was ist das für ein Stück Eisen in deinem Nabel? Tut das nicht richtig weh?«

Okay, dachte ich, ich folge Simon und Lola in die Kneipe …

Sie saßen beide auf der Terrasse. Ein Bier in Reichweite, das Gesicht in der Sonne, die Beine ausgestreckt.

Mit einem »ratsch« setzte ich mich dazu und bestellte dasselbe.

Entzückt, friedlich, die Lippen mit Schaum verziert, betrachteten wir die netten Leute in der Haustür, die über die netten Leute vor der Kirche ihre Bemerkungen machten. Ein herrliches Schauspiel.

»He, ist das dort hinten nicht die Neue von unserem sitzengelassenen Olivier?«

»Die kleine Brünette?«

»Nee, die Blonde neben dem Marquis und der Marquise ...«

»Hilfe. Die ist ja noch hässlicher als die Alte. Sieh nur, die Tasche!«

»Ein Gucci-Imitat.«

»Genau. Und nicht mal aus Ventimiglia. Sondern made in Peking ...«

»Wie peinlich.«

So hätten wir noch lange weitermachen können, wäre Carine nicht gekommen, um uns zu holen:

»Kommt ihr? Gleich geht's los.«

»Wir kommen, wir kommen ...«, sagte Simon, »ich trinke nur noch mein Bier aus.«

»Aber wenn wir nicht sofort reingehen«, beharrte sie, »kriegen wir schlechte Plätze, und dann sehe ich nichts ...«

»Dann geh doch schon rein. Ich komm gleich nach.«

»Beeil dich, ja?«

Sie war schon zwanzig Meter gegangen, da rief sie ihm zu:

»Und besorg noch schnell etwas Reis in dem kleinen Laden dort drüben!«

Noch einmal drehte sie sich um:

»Aber nicht den teuren? Keinen Uncle Ben's wie letztes Mal. Für das, wofür wir ihn brauchen …«

»Ja, ja«, brummelte er in seinen Bart.

In einiger Entfernung sahen wir die Braut am Arm des Herrn Papa. Bald würde sie einen Stall voller kleiner Mickymäuse haben. Wir zählten die Nachzügler und feuerten einen Ministranten an, der mit Karacho ankam und über sein Gewand stolperte.

Als die Glocken verstummten und die Einheimischen zu ihren Wachstischdecken zurückkehrten, sagte Simon:

»Wie gern würde ich Vincent sehen.«

»Aber selbst wenn wir ihn jetzt anrufen«, antwortete Lola und nahm ihre Tasche hoch, »bis er hier wäre …«

In dem Moment kam ein Kleiner mit Flanellhose und Seitenscheitel vorbei, der zur Hochzeitsgesellschaft gehörte. Simon sprach ihn an:

»He du! Willst du dir fünf Flipperrunden verdienen?«

»Jaaa.«

»Dann gehst du jetzt in die Messe und holst uns, sobald die Predigt vorbei ist.«

»Kann ich das Geld sofort haben?«

»Ich glaub, ich spinne. Die Blagen von heute sind unglaublich …«

»Hier, du Gauner. Und keine Dummheiten, ja? Du holst uns hier ab?«

»Darf ich jetzt schon eine Runde spielen?«

»Mach nur«, seufzte Simon, »aber anschließend geht's Richtung Orgel.«

»Okay.«

Wir blieben noch einen Moment schweigend sitzen, dann fügte er hinzu:

»Und wenn wir ihn besuchen würden?«

»Wen?«

»Na, Vincent!«

»Wann denn?«, fragte ich.

»Jetzt.«

»Jetzt?«

»Du meinst: jetzt?«, wiederholte Lola.

»Tickst du jetzt völlig aus? Willst du einfach ins Auto steigen und losfahren?«

»Liebste Garance, ich glaube, du hast das Ergebnis meiner Überlegungen soeben in wenigen Worten zusammengefasst.«

»Du bist verrückt«, sagte Lola, »wir können doch nicht einfach abhauen?«

»Warum nicht?« (Er kramte in der Tasche nach Kleingeld.) »Auf, Mädels. Kommt ihr?«

Wir reagierten nicht. Daraufhin streckte er die Arme zum Himmel:

»Wir verduften, sage ich! Wir hauen ab! Wir türmen.

Wir nehmen Reißaus, wir machen uns aus dem Staub. Wir büxen aus!«

»Und Carine?«

Er senkte die Arme.

Nahm einen Stift aus der Jacke und drehte seinen Bierdeckel um.

»Wir machen einen Ausflug zu Vincents Schloss. Ich vertraue dir Carine an. Ihre Sachen stehen vor deinem Wagen. Grüße und Küsse von uns.«

»Hallo, Kleiner! Kommando zurück. Du brauchst nicht in die Messe zu gehen, aber das hier gibst du der Dame in Grau mit dem rosa Hut, sie heißt Maud, alles klar?«

»Alles klar.«

»Wie weit bist du gekommen?«

»Zwei *Extrakugeln.*«

»Was habe ich gerade gesagt?«

»Ich setze zuerst meinen Namen auf die High-Score-Liste, anschließend gebe ich Ihren Bierdeckel einer Dame mit rosa Hut, die Maud heißt.«

»Du passt sie ab, wenn sie aus der Kirche kommt, und gibst ihr den Deckel.«

»Okay, aber das kostet noch was extra …«

Er lachte sich einen Ast.

* * *

»Du hast den Schminkkoffer vergessen.«

»Oje. Zurück, marsch, marsch. Das würde sie mir nie verzeihen.«

Ich stellte den Koffer gut sichtbar auf ihre Tasche, und wir düsten in einer Staubwolke davon. Als hätten wir soeben eine Bank ausgeraubt.

Anfangs trauten wir uns nicht zu reden. Wir waren trotz allem ein wenig ergriffen, und Simon schaute alle zehn Sekunden in den Rückspiegel.

Vielleicht rechneten wir damit, das Martinshorn eines Polizeiwagens zu hören, den eine wutentbrannte Carine mit Schaum vor dem Mund hinter uns herjagte. Aber nichts passierte. Absolute Flaute.

Lola saß vorne, und ich hing zwischen den beiden auf den Sitzlehnen. Jeder wartete darauf, dass der andere die Anspannung löste.

Simon schaltete das Radio ein, und die Bee Gees jaulten:

And we're stayin' alive, stayin' alive …
Ha, Ha, Ha, Ha … Stayin' alive, stayin' alive …

O Mann. Es war zu schön, um wahr zu sein. Das war ein Zeichen! Der Fingerzeig Gottes! (Nein. Es war ein Gruß von Émile an Monique, zur Feier ihres Kennenlernens auf dem Ball von Treignac 1978, aber das sollten wir erst später erfahren.) Wir sangen im Chor: *»HA! HA! HA! HA! STAYIN' ALIIIIIIIIIIIIVE* …«, während Simon auf der D 114 Schlangenlinien fuhr und dabei seine Krawatte löste.

Ich schlüpfte wieder in meine Hose, und Lola reichte mir ihren Hut, damit ich ihn neben mich legte.

Angesichts des Preises, den sie dafür bezahlt hatte, war sie ein wenig enttäuscht.

»Pah«, sagte ich, um sie zu trösten, »du setzt ihn einfach bei meiner Hochzeit auf …«

Enorrrrmes Gelächter im Innern des Wagens.

Die Stimmung war wieder bestens. Es war uns gelungen, den Alien aus dem Raumschiff zu kicken.

Jetzt mussten wir nur noch das letzte Mitglied der Crew einsammeln.

Ich suchte Vincents Kaff auf der Karte, und Lola gab den DJ. Wir hatten die Wahl zwischen France Bleu Creuse und Radio Gélinotte. Nicht gerade Soundsystem-Qualität, die Sender, aber was soll's? Wir redeten, ohne Luft zu holen.

»So etwas hätte ich dir nie zugetraut«, sagte sie schließlich an die Adresse unseres Fahrers gewandt.

»Mit dem Alter wird man weise«, lächelte er und akzeptierte eine Zigarette von mir.

Wir waren schon zwei Stunden unterwegs, und ich erzählte gerade von meinem Aufenthalt in Lissabon, als ich …

»Was ist?«, fragte Lola beunruhigt.

»Hast du nicht gesehen?«

»Was denn?«

»Der Hund.«

»Was für ein Hund?«

»Auf dem Seitenstreifen …«

»Tot?«

»Nein. Ausgesetzt.«

»He! Reg dich nicht so auf.«

»Ich hab halt seinen Blick gesehen, verstehst du?«

Sie verstanden nicht.

Dabei hatte er mich taxiert, der Köter, ganz sicher.

Das machte mich total fertig, daraufhin hat Lola wieder von unserer Flucht gesprochen und dabei nach Leibeskräften die Musik von *Mission impossible* geblökt, und ich begann, an etwas anderes zu denken.

Ich hielt die Karte, ließ die Gedanken schweifen, sah die Partien der letzten Nacht vor mir. Mit einem absoluten Loser-Vierling hatte ich in der letzten Runde voll geblufft, aber – ich hatte gewonnen …

Das mit dem Vierling ergab so langsam einen Sinn …

* * *

Als wir ankamen, hatte die letzte Führung gerade begonnen.

Ein junger Kerl, weiß wie eine Schaufensterpuppe, ziemlich schmuddelig und mit dem Blick eines Kalbs in Aspik, legte uns nahe, uns der Gruppe im ersten Stock anzuschließen.

Dort befanden sich ein paar verirrte Touristen, Frauen mit schlaffen Schenkeln, ein andächtiges Pärchen – Grundschullehrer in Mephistoschuhen –, ein paar echte Ökos, nölende Kinder und eine Handvoll Holländer. Alle drehten sich um, als sie uns kommen hörten.

Vincent hatte uns jedoch nicht gesehen. Er kehrte uns den Rücken zu und kommentierte seine Pechnasen mit einer Leidenschaft, die wir an ihm nicht kannten.

Erster Schock: Er trug einen abgewetzten Blazer, ein gestreiftes Hemd, Manschettenknöpfe, ein Seidentüchlein, das er in den Kragen gesteckt hatte, und eine nicht ganz saubere Hose mit Aufschlag. Er war glatt rasiert, die Haare hatte er streng nach hinten gekämmt.

Zweiter Schock: Er erzählte einen absoluten Stuss.

Demnach befand sich das Schloss seit mehreren Generationen im Besitz seiner Familie. Heute wohnte er allein darin, bis er selbst Frau und Kinder haben und die Wassergräben wieder instandsetzen würde.

Es sei ein unheilvoller Ort, da er heimlich für die Mätresse des dritten unehelichen Sohns von François I., eine gewisse Isaure de Haut-Brébant, erbaut worden sei, die seinetwegen vor Eifersucht wahnsinnig geworden sein soll und ihrerseits in dem Ruf stand, eine Hexe zu sein.

... Und noch heute, meine Damen und Herren, hört man im April oder Mai, in der Zeit der späten Nachtfröste, wenn der Mond in der ersten Dekade steht, äußerst seltsame Geräusche, eine Art Röcheln, das von den Kellergewölben aufsteigt, aus jenen Räumen, die einst als Kerker dienten ...

Als er die heutige Küche, die Sie gleich noch sehen werden, umbauen ließ, hat mein Großvater Gebeine gefunden, die aus der Zeit des Hundertjährigen Krieges stammten, desgleichen ein paar Taler, auf denen das Siegel Ludwigs des Heiligen prangte. Zu Ihrer Linken sehen Sie einen Wandteppich aus dem 12. Jahrhundert, zu Ihrer

Rechten ein Porträt der berühmten Kurtisane. Achten Sie auf den Leberfleck unter dem linken Auge, untrügliches Zeichen eines göttlichen Fluchs …

Versäumen Sie nicht, den herrlichen Ausblick von der Terrasse zu genießen … An stürmischen Tagen kann man sogar die Türme von Saint-Roch sehen …

Hier entlang, bitte. Vorsicht Stufe.

Kneift mich, ich glaube, ich träume.

Die Touristen studierten aufmerksam den Leberfleck der Hexe und fragten Vincent, ob er nachts keine Angst habe.

»Bei Gott, ich verfüge ja über nicht wenige Geräte zu meiner Verteidigung!«

Er zeigte auf die Rüstungen, Hellebarden, Armbrüste und sonstigen Keulen, die neben der Treppe hingen.

Die Leute nickten voller Ernst, und die Filmkameras schossen in die Höhe.

Was faselte er da für dummes Zeug?!

Als wir beim Verlassen des Zimmers an ihm vorbeikamen, leuchtete sein Gesicht auf. Nein, nein, äußerst diskret. Ein unmerkliches Nicken, mehr nicht. Diese Blutsverwandtschaft, die altehrwürdigen Bande.

Das Erkennungszeichen der Edlen.

Wir brachen zwischen den Helmen und Arkebusen in lautes Gelächter aus, während er darüber schwadronierte, welche Probleme die Unterhaltung eines solchen Gebäudes mit sich brachte. Vierhundert Quadratmeter Dachfläche, zwei Kilometer Dachrinnen, dreißig Zimmer, zweiundfünfzig Fenster und fünfundzwanzig Kamine, aber keine Heizung. Und übrigens auch kein Strom. Und noch kein fließendes Wasser, wo Sie mich gerade daran erinnern! Daher die Schwierigkeiten für meine Wenigkeit, eine Frau zu finden …

Die Leute lachten.

… Hier eins der seltenen Porträts des Comte de Dunois. Und beachten Sie bitte die Wappen, die Sie auch im Frontispiz über der großen Treppe in der Nordwestecke des Hofs finden.

Jetzt gelangen wir in ein Schlafzimmer mit Alkoven, das meine Ururgroßmutter, die Marquise de La Lariotine, die hierherkam, um in dieser Gegend zu jagen, im 18. Jahrhundert einrichten ließ. Sie jagte übrigens nicht nur Wild … Und mein armer Onkel, der Marquis, stand diesem wunderschönen Zehnender, den Sie vorhin im Speiseraum bewundern konnten, in puncto Stattlichkeit in nichts nach. Vorsicht, gnädige Frau, das ist zerbrechlich. Ferner möchte ich Ihnen wirklich empfehlen, einen kurzen Blick in diesen kleinen Waschraum zu werfen. Bürsten, Salzfässer und Salbentöpfe stammen ursprünglich … Nein, gnädige Frau, das hier ist ein Nachttopf aus der zweiten Hälfte des 20. Jahrhunderts und dies hier ein Behältnis, um die Feuchtigkeit aufzufangen …

… Jetzt kommen wir zum schönsten Teil des Schlosses, zur Wendeltreppe des Nordflügels mit seinem herrlichen ringförmigen Tonnengewölbe. Ein wahres Meisterwerk der Renaissance …

Bitte nichts berühren. Die Zeit verrichtet ihr Werk, und tausend Finger – das muss ich leider sagen – sind ebenso effektiv wie ein Meißel …

Ich glaub, ich spinne.

Bedauerlicherweise kann ich Ihnen die Kapelle nicht zeigen, sie wird gerade renoviert, aber ich bitte Sie herzlich, meine bescheidene Bleibe nicht zu verlassen, ohne zuvor eine Runde durch den Park gedreht zu haben, wo Sie sogleich feststellen werden, welche eigenartigen Schwingungen von diesen Steinen ausgehen, deren Ziel es war, wie ich Ihnen noch einmal in Erinnerung rufen darf, die Liebschaften eines Mannes aufzunehmen, der beinahe König geworden wäre und in die Fänge einer betörenden Hexe geraten war …

Gemurmel in der Gruppe.

… Für alle, die es interessiert: Ansichtskarten, Erinnerungsfotos in der Ritterrüstung sowie die Toiletten gibt es am Ausgang des Parks.

Ich wünsche Ihnen noch einen schönen Tag, und gestatten Sie mir, meine Damen und Herren, Sie daran zu erinnern, dass eine kleine Gabe für den Führer nicht unwillkommen ist. Was sage ich, für den Führer? Den armen Gefangenen dieser Mauern! Den privilegierten Sklaven, der Sie nicht um ein Almosen bittet, sondern um eine kleine Unterstützung, mit der er bis zur Rückkehr der Monarchie überleben kann.

Danke.

Danke, die Damen.

Thank you, Sir …

Wir folgten der Gruppe, während er sich durch eine Geheimtür entfernte.

Die Bauern waren hin und weg.

Während wir auf ihn warteten, rauchten wir eine Zigarette.

Der Typ am Eingang steckte die Kinder in eine verbeulte Rüstung und fotografierte sie mit der Waffe ihrer Wahl.

Zwei Euro das Polaroidbild.

Jordan! Pass auf, du stichst deiner Schwester noch ein Auge aus!

Der Typ war superentspannt oder superbekifft oder superdämlich. Er bewegte sich langsam und schien keinerlei Nerven zu besitzen. Eine Gitane Maïs im Mundwinkel und eine Schirmmütze der Chicago Bulls falsch herum auf dem Kopf, bot er einen äußerst skurrilen Anblick. Ein bisschen wie der Typ in *Die Filzlaus kehrt zurück*.

Jordan! Leg dieses Teil weg!!!

Kaum waren die Leute verschwunden, schnappte sich Monsieur Superdämlich einen Rechen und entfernte sich, auf seinem Glimmstängel kauend.

Wir fragten uns langsam, ob der kleine Baron de La Lariotine jemals geruhen würde, zu erscheinen …

Ich wiederholte pausenlos und kopfschüttelnd: »Ich spinne, ich spinne. Echt, ich glaub, ich spinne.«

Simon interessierte sich für den Mechanismus der Zugbrücke, und Lola band eine Kletterrose fest.

Schließlich kam Vincent lächelnd auf uns zu. Er trug jetzt eine zerschlissene schwarze Jeans und ein T-Shirt von Sundyata.

»He, was macht ihr denn hier?«

»Wir hatten Sehnsucht nach dir …«

»Echt? Das ist ja nett.«

»Alles in Ordnung?«

»Bestens. Wolltet ihr denn nicht zu Huberts Hochzeit?«

»Doch, aber wir haben uns im Weg geirrt.«

»Verstehe. Cool.«

Das war Vincent, wie wir ihn kannten. Ruhig und freundlich. Nicht übermäßig ergriffen, uns zu sehen, aber doch erfreut.

Unser Pierrot lunaire, unser Marsmensch, unser kleiner Bruder, unser Vincent.

Cool.

»Na«, fragte er und machte eine ausladende Armbewegung, »was sagt ihr zu meinem Campingplatz?«

»Erst mal wollen wir wissen, was dieser ganze Schwachsinn hier eigentlich soll?«, fragte ich.

»Du meinst die Sachen, die ich erzählt habe? Na ja. Das ist nicht nur Schwachsinn. Sie hat wirklich gelebt, die gute Isaure, es ist nur so … Tja, ich bin nicht sicher, ob sie jemals hier war. Dem Archiv nach stammt sie eher aus dem Nachbarkaff, aber da das Schloss dort abgebrannt ist, musste man ja eine Bleibe für sie finden, nicht?«

»Von mir aus, aber die Geschichten über deine Vorfahren, dein merkwürdiger Aristokratenlook und diese ganzen Lügenmärchen, die du den Leuten vorhin aufgetischt hast?«

»Ach, das? Na ja, versetzt euch mal in meine Lage! Ich bin Anfang Mai gekommen, um die Saison über dazubleiben. Die Alte hat behauptet, sie fährt zur Kur und zahlt mir den ersten Monat nach ihrer Rückkehr. Seitdem habe ich nichts mehr von ihr gehört. Vom Erdboden verschwunden, die Gute. Jetzt haben wir August, und ich habe noch nichts gesehen. Weder die Schlossherrin noch eine Gehaltsabrechnung, noch eine Postanweisung, nichts. Von irgendwas muss ich ja leben! Darum habe ich mir den ganzen Spuk ausgedacht. Ich lebe ausschließlich von den Trinkgeldern, und die Trinkgelder fließen nicht von allein. Die Leute wollen was sehen für ihr Geld, und wie du siehst, ist das hier nicht gerade Disneyland. Also zaubert unsereiner Blazer und Siegelring hervor und bläst zum Angriff!«

»Verrückt.«

»Tja, meine Liebe, von nix kommt nix.«

»Und der andere da?«

»Das ist Nono. Den bezahlt die Gemeinde.«

»Und äh – sind – sind bei ihm auch alle Schräubchen fest?«

Vincent drehte sich eine Zigarette:

»Keine Ahnung. Ich weiß nur, dass er Nono heißt. Kommst du mit Nono klar, ist alles bestens, ansonsten wird es heftig.«

»Aber was machst du denn den ganzen Tag?«

»Morgens penne ich, nachmittags mache ich Führungen und die Nacht gehört der Musik.«

»Hier?«

»In der Kapelle. Die zeige ich euch gleich. Und ihr? Was habt ihr vor?«

»Ach, wir – äh – nichts. Wir wollten dich zum Essen ausführen …«

»Wann? Heute Abend?«

»Na klar, Witzbold! Wir wollten nicht bis zum nächsten Kreuzzug warten!«

»So ein Mist, heute Abend geht es nicht. Heute heiratet Nonos Nichte, und ich bin eingeladen.«

»He! Du kannst es uns ruhig sagen, wenn wir dir auf den Wecker fallen, was?!«

»Überhaupt nicht! Total cool, dass ihr da seid. Das kriegen wir schon hin. Nono!«

Der Angesprochene drehte sich langsam um.

»Meinst du, es ist ein Problem, wenn mein Bruder und meine Schwestern heute Abend mitkommen?«

Er musterte uns lange, dann fragte er:

»Ist das dein Bruder?«

»Ja.«

»Und die beiden? Deine Schwestern?«

»Ja.«

»Sind sie noch Jungfrau?«

»He, Nono, darum geht's jetzt nicht! Im Ernst, Nono, meinst du, sie können heute Abend mitkommen?«

»Wer?«

»Scheiße, Mann (der Typ bringt mich noch um), *na,* die drei halt!«

»Wohin mitkommen?«

»Zu Sandys Hochzeit!«

»Klar. Was fragst du?«

Er zeigte mit dem Kinn auf mich und fügte hinzu:

»Kommt die auch?«

Schluck.

Er soll mich in Ruhe lassen, dieser grässliche Gollum …

Vincent war ganz geknickt.

»Der raubt mir noch den letzten Nerv. Letztes Mal, weiß der Himmel, wie er es angestellt hat, ist ein kleiner Junge in der Rüstung steckengeblieben, und wir mussten die Feuerwehr holen. Hört auf zu lachen, ihr müsst ihn ja nicht Tag für Tag ertragen.«

»Warum gehst du dann zur Hochzeit seiner Nichte?«

»Ich muss. Da ist er ganz empfindlich. Na klar, lacht ihr nur, ihr Jungfräulein … Sag mal, Simon, ich hab den Eindruck, die beiden sind immer noch so doof wie früher … Außerdem schenkt mir seine Mutter dauernd leckere Sachen. Pasteten, Gemüse aus ihrem Garten, Würstchen. Ohne sie hätte ich nicht überlebt.«

Ich glaub, ich spinne.

»Aber vorher gibt es hier noch einiges zu tun. Ich muss die Kasse machen, die Klos putzen, dem anderen Verrückten helfen, die Alleen zu harken, und alle Türen schließen.«

»Wie viele Türen gibt es?«

»Vierundachtzig.«

»Wir helfen dir.«

»Cool, das ist nett. Also, hier ist noch ein zweiter Rechen, und für die Toiletten nehmen wir den Wasserschlauch …«

Wir krempelten die Ärmel unserer feinen Klamotten hoch und machten uns an die Arbeit.

* * *

»Ich glaube, das war's. Wollt ihr noch baden?«

»Wo denn?«

»Da unten ist ein Fluss …«

»Ist er sauber?«, fragte Lola.

»Pinkeln da auch keine Füchse hinein?«, setzte ich nach.

»Wie bitte?«

Wir waren alles andere als Feuer und Flamme.

»Badest du darin?«

»Jeden Abend.«

»Dann kommen wir mit.«

Simon und Vincent liefen voraus.

»Ich habe eine LP von MC5 für dich dabei.«

»Ist nicht wahr?«

»O doch.«

»Eine Erstpressung?«

»O ja.«

»Cool. Wo hast du die aufgetrieben?«

»Potzblitz, für Monseigneur ist mir wahrlich nichts zu viel!«

»Kommst du mit ins Wasser?«

»Na klar.«

»He, Mädels? Kommt ihr mit ins Wasser?«

»Nicht, solange sich dieser Spinner in der Gegend rumtreibt«, flüsterte ich Lola ins Ohr.

»Lieber nicht! Wir schauen euch zu!«

»Da ist er«, stieß ich zwischen den Zähnen aus. »Ich spüre es. Er versteckt sich hinter den Blättern und beobachtet uns …«

Meine Schwester kicherte.

»Ich schwör's dir, ich spinne …«

»Wir haben kapiert, dass du spinnst, wir haben's kapiert. Komm, setz dich.«

Lola hatte den *Water-Closer* aus meiner Tasche gezogen und suchte unser Horoskop.

»Du bist doch Wassermann, oder?«

»Was ist los?«, fragte ich und drehte mich rasch um, um den Onanierer zu vertreiben.

»Also. Hörst du mir zu?«

»Ja.«

»Seien Sie auf der Hut. Wenn Venus im Löwen steht, ist alles möglich. Eine Begegnung, die große Liebe, auf die Sie warten, ist ganz nah. Vertrauen Sie auf Ihren Charme und Ihren Sexappeal und seien Sie für alle Möglichkeiten offen. Ihre Unbeugsamkeit hat Ihnen schon häufig übel mitgespielt. Jetzt ist es an der Zeit, Ihre romantische Ader auszuleben.«

Das Miststück konnte sich vor Lachen nicht mehr halten.

»Nono! Komm zurück! Hier ist sie! Sie wird ihre romantische Ader ausle-«

Ich hielt ihr den Mund zu.

»So ein Quatsch. Ich bin sicher, du hast dir das alles ausgedacht.«

»Keineswegs! Lies selbst!«

Ich riss ihr das Geschreibsel aus der Hand.

»Zeig her.«

»Hier, siehst du: *Venus im Löwen,* das ist nicht von mir.«

»So ein Quatsch.«

»Na ja, wenn ich du wäre, wäre ich trotzdem auf der Hut.«

»Pfff. Das ist alles Schwachsinn.«

»Du hast recht. Blättern wir lieber weiter und schauen, was sich in Saint-Tropez tut …«

»Halt. Sag nicht, dass diese Brüste echt sind.«

»Nee, das würde ich nicht sagen.«

»Und hast du gesehen … Iiiiii!!! Hau ab, Simon, sonst ruf ich deine Frau an!«

Die Jungen hatten sich zu uns gesellt und schüttelten sich.

Wir hätten es uns denken können … Vielmehr uns daran erinnern … Vincent, die Backen aufgeblasen, den Mund voller Wasser, scheuchte Lola vor sich her, die schreiend querfeldein rannte und dabei die Knöpfe ihres Kleids aussäte.

Schnell packte ich unsere wenigen Sachen zusammen und rannte hinter ihnen her, wobei ich mit Zeigefinger und kleinem Finger auf alle Büsche zielte und zisch! fauch! psss! machte.

Weiche, Beelzebub.

Dann zeigte Vincent uns seine privaten Gemächer in den Wirtschaftsgebäuden.

Sehr spartanisch.

Er hatte ein Bett ins Erdgeschoss geschleppt – oben war es ihm zu heiß – und im Pferdestall Quartier bezogen. Wie durch Zufall hatte er sich für die Box von Don Juan entschieden.

Zwischen Polka und Wirbelwind …

Er war ausstaffiert wie ein Mylord. Die Stiefel tadellos geputzt. Weißer Herrenanzug aus den 70er Jahren. Tiefe Taille und blassrosa Seidenhemd mit derart spitzem Kragen, dass dieser ihn unter den Armen kitzeln musste. An jedem anderen hätte der Aufzug lächerlich ausgesehen, an ihm wirkte er chic.

Er zog los, um seine Gitarre zu holen. Simon nahm das Geschenk aus dem Kofferraum, und wir gingen hinunter ins Dorf.

Das Abendlicht war bildschön. Die ganze Landschaft in Ocker, Bronze, Altgold ruhte sich von einem langen Tag aus.

Vincent forderte uns auf, uns umzudrehen, damit wir seinen Bergfried bewunderten.

Eine wahre Pracht.

»Wollt ihr mich veräppeln?«

»Keineswegs, keineswegs«, antwortete Lola, die stets um die Universelle Harmonie bemüht war.

Simon stimmte ein Lied an:

»Ich bau mir ein Schloss, so wie im Märchen …«

Simon sang, Vincent lachte und Lola lächelte. Wir liefen alle vier mitten auf einer noch warmen Landstraße durch ein Dorf im Departement Indre. In der Luft lag ein Geruch nach Teer, nach Minze und gemähtem Heu. Die Kühe bewunderten uns, und die Vögel riefen einander zu Tisch.

Ein paar Gramm Wärme.

Lola und ich trugen wieder Hut und Verkleidung.

Warum auch nicht? Eine Hochzeit ist eine Hochzeit.

Das dachten wir zumindest, bevor wir am Ziel waren …

Wir betraten einen überhitzten Festsaal, in dem es noch nach Schweiß und alten Socken roch. Die Matten waren in einer Ecke gestapelt, und die Braut hatte ihren Sitzplatz unter einem Basketballkorb. Die Ereignisse schienen sie zu überwältigen.

Eine Tischgesellschaft im Stil eines Asterix-Banketts, Landwein im Kanister und Musik in voller Lautstärke.

Eine dicke Frau, in jede Menge Volants gehüllt, stürzte auf unseren kleinen Bruder zu:

»Ah! Da ist er ja! Komm mit, mein Kleiner, komm mit! Nono hat mir erzählt, dass du deine Familie mitbringst. Kommt hier rüber, alle Mann! Oh, und was sind sie chic! Was für ein schöner Hut! Aber so was Mageres wie diese Kleine hier! Gibt's denn in Paris nichts zu essen? Setzt euch. Esst, Kinder. Esst. Es gibt genug von allem. Sagt Gérard, er soll euch was zu trinken bringen. Gérard! Komm jetzt mal hier rüber. Junge!«

Vincent konnte sich vor ihren Küssen kaum retten, und ich begann zu vergleichen. Ich dachte an den Kontrast zwischen der Herzlichkeit dieser Fremden und der höflichen

Verachtung meiner Großtanten vorhin. Ich glaubte zu spinnen …

»Wollen wir nicht wenigstens die Braut begrüßen?«

»Ja, ja, sagt ihr guten Tag und seht zu, dass ihr Gérard findet. Wenn er bloß nicht schon unterm Tisch liegt, das wäre nicht gut.«

»Was ist das, dein Geschenk?«, fragte ich Simon.

Er wusste es nicht.

Einer nach dem anderen umarmten wir die Braut.

Der Bräutigam war puterrot und bedachte die prächtige, von Carine ausgesuchte Käseplatte, die seine Frau gerade ausgepackt hatte, mit einem verdatterten Blick. Es handelte sich um ein ovales Teil mit Griffen aus Rebholz und Weinblättern in Plexiglas gegossen.

Er schien nicht überzeugt.

Wir setzten uns an ein Tischende, wo wir von zwei Onkeln, die schon reichlich beschwipst waren, mit offenen Armen empfangen wurden.

»Gé-rard! Gé-rard! Gé-rard! He, Kinder! Bringt unseren Freunden was zu essen! Gérard! Wo hat er sich denn bloß versteckt, Herrgottsakrament?«

Gérard kam mit seinem Kanister vorbei, und die Feier begann.

Nach dem Gemüseallerlei mit Mayonnaise in den obligatorischen Muschelschalen, dem Hammelspieß mit Pommes und Mayo, dem Ziegenkäse und den drei Stücken Baisertorte, rückten alle zur Seite, um Guy Macroux und seiner Oldie-Band Platz zu machen.

Wir waren selig. Die Ohren gespitzt, die Äuglein aufgesperrt. Rechts eröffnete die Braut mit ihrem Vater den Ball nach einem Walzer von Johann Strauß auf dem Akkordeon, links begannen die Onkel wegen der neuen Einbahnstraßenregelung vor der Bäckerei Pidoune zornig aufeinander einzuprügeln.

Äußerst malerisch, das Ganze.

Nein. Besser als das und weniger gönnerhaft gesagt: köstlich.

Guy Macroux hatte eine verblüffende Ähnlichkeit mit Dario Moreno.

Schmaler mit BilligColor gefärbter Schnurrbart, funkelnde Weste, wertvoller Schmuck und samtige Stimme.

Kaum erklang das Akkordeon, waren alle auf der Tanzfläche.

»Ce qui lui va, c'est un p'tit tchachacha. Ah!
Ce qui lui faut, c'est un pas de mambo. Oh!«

»Und jetzt alle zusammen!«

La la la la ... la la la la la

»Ich hör ja gar nichts!«
LA LA LA LA ... LA LA LA LA LA ...

»Und die Omis da hinten! Mädels, singt mit!
Opidibi poï poï!«

Lola und ich waren wie entfesselt, und ich musste den Rock hochziehen, um im Rhythmus zu bleiben.

Die Jungs tanzten wie üblich nicht. Vincent seifte ein Mädchen mit milchig weißem Dekolleté ein, und Simon hörte sich die Erinnerungen eines Alten an die verheerenden Folgen des Mehltau an.

Anschließend kamen die Hochzeitsspiele, die unter der Gürtellinie anfingen. Die junge Braut wurde mit einer Schubkarre auf einer Tischtennisplatte abgeladen und brachte ihren Rock schon entsprechend in Stellung – na ja –, der Rest ist nicht weiter erzählenswert. Oder vielleicht bin ich auch zu empfindlich.

Ich ging nach draußen. Paris begann mir zu fehlen.

Lola kam mir auf eine moonlight cigarette nach.

Ihr folgte ein etwas anhänglicher Typ (stark behaart und schweißglänzend, Stil selbstklebend), der unbedingt noch einen Tanz von ihr wollte.

Kurzärmeliges Hawaiihemd, Hose aus Viskosestoff, weiße Tennissocken und geflochtene Mokassins.

Umwerfend.

Und und und – beinahe hätte ich es vergessen: die berühmte Safariweste aus schwarzem Leder mit Brusttaschen! Drei links, zwei rechts. Plus Messer im Gürtel. Plus Handyhülle. Plus Ohrring. Plus Sunglasses. Plus die angekettete Brieftasche. Minus die Peitsche.

Indiana Jones persönlich.

»Stellst du mich vor?«

»Äh – ja – also, äh – meine Schwester Garance und äh …«

»Hast du schon vergessen, wie ich heiße?«

»Äh – Jean-Pierre?«

»Michel.«

»Ach ja, Michel! Michel Garance, Garance Michel …«

»Hallo«, sagte ich so ernst wie möglich.

»Jean-Michel. Ich heiße Jean-Michel – Jean wie Jean Gabin und Michel wie der Mont Saint-Michel, aber nichts für ungut. Hallo! Ihr seid also Schwestern? Witzig, ihr seht euch überhaupt nicht ähnlich. Seid ihr sicher, dass eurem Vater kein Kuckucksei untergeschoben wurde?«

Hua! Hua! Hua!

Nachdem er sich entfernt hatte, schüttelte Lola den Kopf:

»Ich kann nicht mehr. Ich hab den absolut Plumpsten aus der ganzen Gegend erwischt. Mit einem derart feinsinnigen Witz. Der würde sogar bei *Verstehen Sie Spaß* durchfallen. Eine Strafe, der Typ …«

»Sei ruhig, er kommt wieder angetrabt.«

»He, kennst du den Witz von der Operndiva?«

»Äh – nein. Hatte bisher nicht das Vergnügen.«

»Also, warum wirft die Operndiva Viagra ins Publikum?«

Stille.

»Keine Ahnung«, sagte ich.

»Sie will Ständing Oveeschons.«

Hilfe.

»Und den vom Viagra im Wasserglas?«

»Wie bitte?«

»Was kriegt man, wenn man Viagra in ein Glas mit heißem Wasser wirft?«

Mich brachte vor allem der Gesichtsausdruck meiner Schwester zum Lachen. Meine Schwester, immerzu elegant, mit ihrem Saint-Laurent-Vintage-Look, den edlen Relikten einer klassischen Tanzausbildung, ihrer Gemme, die schon Hitzewallungen kriegt, sobald von einer Papiertischdecke gegessen wird … Ihr verdutzter Blick und ihre Augen, groß wie Porzellan-Untertassen, grandios.

»Und?«

»Keine Ahnung. Ich gebe auf.«

(Formvollendet und witzig. Ich liebe sie abgöttisch.)

»Einen steifen Grog. Ha! Ha! Ha!«

Jetzt war er in Fahrt gekommen. Er schwenkte auf mich um und hielt sich mit den Daumen an den Taschen seiner Weste fest:

»Und den von dem Typen, der seinen Hamster in Isolierband einwickelt, kennst du den?«

»Nein. Aber ich habe auch keine Lust, ihn kennenzulernen, der ist mir zu fies.«

»So? Äh, dann kennst du ihn also doch?«

»Duuu, liebster Jean-Montsaint-Michel, ich hab mit meiner Schwester noch was zu besprechen …«

»Ist schon okay, ist schon okay, ich verschwinde. Bis nachher, ihr Puppen!«

»Und? Ist er weg?«

»Ja, aber dafür nimmt Toto gerade seinen Platz ein.«

»Wer ist Toto?«

Nono hatte sich uns gegenüber auf einen Stuhl gesetzt.

Er betrachtete uns und rieb sich dabei mit großem Eifer die Innenseite seiner Hosentaschen.

Nun denn.

Sein neuer Anzug schien ihn mancherorts zu zwicken …

Unsere heilige Lola lächelte ihm kurz zu, damit er sich nicht unwohl fühlte.

Im Stil von: Hallöchen, Nono. Wir sind's, deine neuen Freunde. Willkommen in unserem Herzen …

»Seid ihr noch Jungfrau?«, fragte er prompt.

Die Platte hatte wohl einen Sprung … (Kein Wunder!)

Schwester Liebenswürdig ließ sich nicht aus der Fassung bringen:

»So, Sie sind also derjenige, der über das Schloss wacht?«

»Du, halt's Maul. Ich red mit der anderen, die mit den dicken Titten.«

Ich wusste es. Ja, ich wusste es. Dass wir später darüber lachen würden. Wenn wir eines Tages alt wären, würden wir uns, weil wir unsere Beckenbodengymnastik sträflich vernachlässigt hatten, beim Gedenken an diesen Abend in die Hosen machen. Aber in diesem Moment selbst war mir überhaupt nicht zum Lachen, weil – weil dieser Nono aus dem Mundwinkel sabberte, in dem gerade keine Zigarette hing, und das – das war wirklich furchteinflößend. Dieses Rinnsal aus Speichel, das im Mondlicht nicht versiegte …

Zum Glück kamen Simon und Vincent in dem Moment vorbei.

»Verdrücken wir uns?«

»Gute Idee.«

»Ich komm gleich nach, ich suche noch meine Klampfe.«

Tout Famour que j'ai pour twaaaaaaaa – Wap du wua dua dua … Wap du wua …

Guy Macroux war im ganzen Dorf zu hören, und wir tanzten zwischen den Autos.

Mes criiiiiiis de jwaaaaaaaa, je te les dwaaaaaaaaaaaa …

»Wohin fahren wir jetzt?«

Vincent steuerte am Schloss vorbei und bog in eine dunkle Straße.

»Auf ein letztes Gläschen. Einen Absacker, wenn ihr so wollt. Seid ihr müde, Mädels?«

»Und Nono? Ist er uns gefolgt?«

»Quatsch. Vergiss ihn. Kommt ihr mit?«

Es war ein Zigeunercamp. Rund zwanzig Wohnwagen, einer länger als der andere, große weiße Lieferwagen, volle Wäscheleinen, Bettdecken, Fahrräder, Kinder, Wannen, Reifen, Parabolantennen, Fernseher, schwere Kochtöpfe, Hunde, Hühner und ein schwarzes Schweinchen.

Lola war entsetzt:

»Es ist nach Mitternacht, und die Kinder sind noch nicht im Bett. Die armen Kleinen.«

Vincent lachte.

»Findest du, sie sehen unglücklich aus?«

Sie lachten, tollten herum und stürzten sich auf Vincent.

Sie prügelten sich darum, seine Gitarre tragen zu dürfen, und die Mädchen gaben uns die Hand.

Meine Armbänder faszinierten sie.

»Sie wollen nach Saintes-Maries-de-la-Mer. Ich hoffe, sie sind wieder weg, bevor die Alte zurückkommt, ich habe ihnen nämlich erlaubt, sich hier niederzulassen.«

»Man könnte meinen, Kapitän Haddock in *Die Juwelen der Sängerin«,* kicherte Simon.

Ein alter Zigeuner nahm ihn in die Arme.

»Da bist du ja, mein Sohn!«

Er hatte sich ein paar nette Familien gesucht, der gute Vincent. Kein Wunder, dass er unsere verschmähte.

Anschließend war es wie in einem Film von Kusturica, bevor er völlig die Bodenhaftung verlor.

Die Alten sangen todtraurige Lieder, die einem in die Eingeweide fuhren, die Jungen klatschten in die Hände, und die Frauen tanzten ums Feuer. Die meisten waren dick und schlampig gekleidet, aber wenn sie sich bewegten, wirkte alles an ihnen graziös.

Die Kinder tollten herum, die alten Frauen sahen fern und wiegten Babys in den Armen. Fast alle hatten Goldzähne und zeigten sie uns bereitwillig, wenn sie lachten.

Vincent wurde behandelt wie ein Pascha. Er spielte mit geschlossenen Augen, ein bisschen konzentrierter als sonst, um den richtigen Ton zu treffen und die Distanz zu wahren.

Die alten Männer hatten Fingernägel wie Klauen, und ihre Gitarren waren ganz abgeschabt an der Stelle, wo sie die Töne schlugen.

Zwuing zwuing, klopf.

Obwohl wir kein Wort verstanden, war der Text nicht schwer zu erraten …

O, mein Land, wo bist du? O, meine Geliebte, wo bist du?
O, mein Freund, wo bist du? O mein Sohn, wo bist du?

Und die Fortsetzung dürfte wohl lauten:

Ich habe mein Land verloren, nur Erinnerungen sind mir geblieben.
Ich habe meine Geliebte verloren, nur Kummer ist mir geblieben.
Ich habe meinen Freund verloren, ich singe für ihn.

Eine Alte brachte uns abgestandenes Bier. Kaum hatten wir die Gläser geleert, war sie schon wieder zur Stelle.

Lolas Augen glänzten, sie hatte zwei Mädchen auf dem Schoß und rieb das Kinn an ihren Haaren. Simon lächelte mir zu.

Wir hatten seit heute Morgen eine gewaltige Strecke zurückgelegt, alle beide …

Hoppla, da war sie schon wieder, die fröhliche Omi mit ihrem lauwarmen Valstar …

Ich fragte Vincent per Zeichensprache, ob er was zum Rauchen dabeihatte, aber seine Antwort lautete, psst, später. Noch so ein Widerspruch … Bei diesen Leuten, die ihre Kinder nicht zur Schule schicken, die einen kleinen Mozart möglicherweise in diesem Loch verkümmern lassen und es mit unseren Gesetzen der Arbeit und Sesshaftigkeit nicht sehr genau nehmen, raucht man kein Gras.

Bei der Heiligen Mercedes Benz, das kommt nicht in Frage.

* * *

»Ihr könnt gern in Isaures Bett schlafen, Mädels …«

»Und uns das Röcheln anhören, das aus den ehemaligen Kerkern aufsteigt? Nein, danke.«

»Aber das ist doch alles Quatsch!«

»Und bei diesem Verrückten, der die Schlüssel hat? Ausgeschlossen. Wir schlafen bei euch!«

»Okay, okay, reg dich nicht auf, Garance ...«

»Ich reg mich nicht auf! Ich bin nur halt noch Jungfrau, mein Lieber!«

So müde ich auch war, hatte ich sie doch zum Lachen gebracht. Darauf war ich stolz.

Die Jungs schliefen bei *Don Juan* und wir bei *Wirbelwind.*

Simon weckte uns am nächsten Morgen, er war im Dorf gewesen, um Croissants zu holen.

»Bei Pidoule?«, fragte ich gähnend.

»Bei Pidoune.«

Heute ließ Vincent das Tor zu.

»Aufgrund von Steinschlag geschlossen«, hatte er auf ein Stück Pappe geschrieben.

Er zeigte uns die Kapelle. Nono und er hatten das Klavier aus dem Schloss vor den Altar geschleppt, und die himmlischen Engel auf Erden konnten im Rhythmus swingen.

Wir bekamen ein Extra-Konzert geboten.

Es war witzig, an einem Sonntagmorgen hier zu sein, im Licht, das durch die Kirchenfenster fiel, brav und andächtig auf einem Betstuhl zu sitzen und eine neue Version von Klopf Klopf on heaven's door zu hören.

Lola wollte das Schloss von oben bis unten besichtigen. Ich bat Vincent, seine Show für uns noch einmal zu geben. Wir kugelten uns vor Lachen.

Er zeigte uns alles: den Teil, in dem die Schlossherrin wohnte, ihre Mieder, ihren Nachtstuhl, ihre Biberrattenfallen, ihre Rezepte für Biberrattenpastete, ihre Schnapsflasche und ihr altes Telefonbuch der besseren Gesellschaft, das vom vielen Anfassen ganz speckig war. Dann die Speisekammer, den Keller, die Nebengebäude, die Sattlerei, das Jagdschlösschen und den ehemaligen Wehrgang.

Simon staunte über den Einfallsreichtum der Architekten und anderer Experten für Befestigungsanlagen. Lola sammelte Kräuter.

Ich saß auf einer steinernen Bank und beobachtete die drei.

Meine Brüder stützten sich auf die Brüstung oberhalb des Wassergrabens. Simon sah so aus, als würde er seine letzten Modellfahrzeuge vermissen ... Ach, wenn nur Sessil Dabbelju hier wäre. Vincent schien seine Gedanken zu lesen, denn er sagte:

»Vergiss deine Boote. In dem Graben tummeln sich riesige Karpfen. Die würden sie in null Komma nichts verschlingen.«

»Echt?«

Verträumte Stille, Streicheln des Mooses auf dem Geländer ...

»Im Gegenteil«, flüsterte unser Kapitän Ahab, »das wäre erst recht lustig. Ich sollte mit Léo wiederkommen. Wenn große Fische diese Spielsachen verschlingen, die er selbst nie anfassen durfte, etwas Besseres könnte uns beiden gar nicht passieren …«

Was danach gesagt wurde, habe ich nicht gehört, aber ich sah, wie sie sich abklatschten, als hätten sie einen guten Deal gemacht.

Und meine geliebte Lola auf Knien, wie sie inmitten von Margeriten und Duftwicken malte. Der Rücken meiner Schwester, ihr großer Hut, die weißen Schmetterlinge, die sich darauf wagten, die Haare, in die sie einen ihrer Pinsel gesteckt hatte, damit sie nicht nach vorn fielen, ihr Nacken, ihre Arme, die wegen einer noch frischen Scheidung ganz schmal geworden waren, und der untere Teil ihres T-Shirts, an dem sie zog, um die Farben abzutupfen. Eine Palette aus weißer Baumwolle, die sie peu à peu mit Aquarellfarben versah …

Noch nie hatte ich es so sehr bedauert, meinen Fotoapparat nicht dabeizuhaben.

Man kann es auf die Müdigkeit schieben, aber ich ertappte mich tatsächlich dabei, wie mir ganz warm ums Herz wurde. Eine große Welle der Zärtlichkeit für die drei und der plötzliche Gedanke, dass wir im Begriff waren, aus unseren Kinderschuhen herauszuwachsen …

Seit fast dreißig Jahren gehörten sie zu mir … Was wäre ich ohne sie? Und wann würde uns das Leben trennen?

Denn so ist es doch. Die Zeit trennt diejenigen, die sich lieben, und nichts ist von Dauer.

Was wir gerade erlebten, und darüber waren wir uns alle vier im klaren, war ein kleiner Nachschlag. Ein Aufschub, ein geschenkter Tag, ein gnädiger Moment. Ein paar Stunden, die wir den anderen abtrotzten …

Wie lange noch hätten wir die Energie, uns aus dem Alltag zu stehlen und zusammen auszubüxen? Wie oft würden wir dem Leben noch eine lange Nase machen? Wie viele freie Tage würde es uns noch zugestehen? Wie viele kleine Fluchten? Wann würden wir uns gegenseitig verlieren, und auf welche Weise würden wir auseinandergehen?

Wie viele Jahre noch, bis wir alt wären?

Und ich weiß, es war uns allen bewusst. Ich kenne uns gut.

Aus gegenseitiger Rücksichtnahme sprachen wir nicht darüber, aber auf dieser Etappe unseres Lebenswegs wussten wir es genau.

Dass wir am Fuße dieser Schlossruine das Ende einer Epoche erlebten und dass die Zeit der Mauser näher rückte. Dass wir diese Vertrautheit, diese Zuneigung, diese etwas raue Liebe ablegen mussten. Uns davon lösen mussten. Die Hände loslassen und endlich erwachsen werden.

Die Daltons mussten schließlich auch ihre eigenen Wege gehen, jeder für sich, dem Sonnenuntergang entgegen …

Blöd, wie ich bin, hatte ich es fast geschafft, mich selbst zu Tränen zu rühren, als ich am Ende des Sträßchens etwas entdeckte.

Was konnte das sein?

Ich kniff die Augen zusammen und richtete mich auf.

Ein Tier, ein kleines Tier schleppte sich mühsam in meine Richtung.

War es verletzt? Was war das bloß?

Ein Fuchs?

Ein Fuchs mit einer Urinprobe, den Carine losgeschickt hatte?

Ein Kaninchen?

Es war ein Hund.

Es war unglaublich.

Es war der Hund, den ich gestern vom Auto aus gesehen hatte, der in der Heckscheibe verschwunden war …

Es war der Hund, dessen Blick ich einige hundert Kilometer von hier gekreuzt hatte.

Nein, er konnte es nicht sein. Oder doch …

Hm, bald könnte ich in »Herrchen gesucht« auftreten!

Ich ging in die Hocke und streckte ihm die Hand hin. Er hatte nicht einmal mehr die Kraft, mit dem Schwanz zu wedeln. Er machte noch drei Schritte und brach vor meinen Füßen zusammen.

Sekundenlang habe ich mich nicht bewegt. Ich hatte mächtig Bammel.

Ein Hund war gekommen, um zu meinen Füßen zu sterben.

Von wegen, nach einer Weile begann er vor Schmerzen zu wimmern und versuchte dabei, seine Pfote abzulecken. Er blutete.

Lola kam zu mir und fragte:

»Huch, wo kommt denn dieser Hund her?«

Ich hob den Kopf, sah sie an und antwortete mit schwacher Stimme:

»Ich spinne.«

Er hatte jetzt die volle Aufmerksamkeit von uns allen. Vincent war losgezogen, um Wasser für ihn zu holen, Lola bereitete was zu fressen für ihn zu, und Simon hatte aus dem kleinen gelben Salon ein Kissen stibitzt.

Der Hund soff wie ein Loch und plumpste in den Staub. Wir trugen ihn in den Schatten.

Eine völlig verrückte Geschichte.

Dann bereiteten wir ein Picknick vor und gingen hinunter zum Fluss.

Der Gedanke, der Hund könnte bei unserer Rückkehr womöglich verendet sein, schnürte mir die Kehle zu. Aber schließlich … er hatte sich eine schöne Stelle dafür ausgesucht. Und die besten Klageweiber …

Die Jungs verkeilten die Flaschen zwischen den Steinen am Wasser, während wir eine Decke ausbreiteten. Wir setzten uns, und Vincent sagte:

»Schau, da ist er wieder …«

Der Hund hatte sich von neuem zu mir geschleppt. Er rollte sich zusammen, kuschelte sich an mein Bein und schlief gleich wieder ein.

»Ich glaube, er will dir was sagen«, meinte Simon.

Sie lachten alle drei und machten sich über mich lustig:

»He Garance, zieh nicht so ein Gesicht! Er liebt dich, das ist alles. Komm schon … Cheese … So schlimm ist es doch gar nicht.«

»Aber was soll ich denn mit einem Köter?! Könnt ihr euch vorstellen, wie ich zusammen mit einem Hund in meiner winzigen Einzimmerwohnung im sechsten Stock hause?«

»Du kannst nichts dafür«, sagte Lola, »denk an dein Horoskop. Du wirst von Venus im Löwen beherrscht, damit musst du dich einfach abfinden. Das ist die große Begegnung, auf die du dich vorbereiten solltest. Ich hatte dich gewarnt …«

Sie amüsierten sich noch mehr.

»Nimm es als Zeichen des Schicksals«, sagte Simon, »der Hund kommt zu deiner Rettung …«

»… damit du ein gesünderes, ausgeglicheneres Leben führst«, bekräftigte Lola.

»… damit du morgens aufstehst und mit ihm Gassi gehst«, setzte Simon nach, »damit du dir einen Jogginganzug kaufst und am Wochenende ins Grüne fährst.«

»Damit du einen geregelten Tagesablauf hast, damit du Verantwortung übernimmst«, stimmte Vincent zu.

Ich war am Ende.

»Scheiße, alles, bloß nicht joggen …«

Vincent, der eine Flasche aufmachte, sagte schließlich:

»Außerdem ist er ganz süß.«

Tja, das sah ich genauso. Seine Haut schälte sich, sein Fell war zerfressen, er war eine armselige, schorfbedeckte, zerlumpte Promenadenmischung, aber – unwiderstehlich.

»Nach allem, was er auf die Beine gestellt hat, um dich zu finden, bringst du es doch nicht übers Herz, ihn im Stich zu lassen, hoffe ich?«

Ich beugte mich vor und betrachtete ihn. Er roch schon ein bisschen merkwürdig.

»Willst du ihn ins Tierheim stecken?«

»He, wieso ich? Wir haben ihn zusammen gefunden, wenn ich euch daran erinnern darf.«

»Sieh nur«, stieß Lola aus, »er lächelt dich an!«

Fuck. Es stimmte. Er hatte sich umgedreht und ganz schwach mit dem Schwanz gewedelt, dabei die Augen geöffnet und in meine Richtung geschaut.

Oh! Warum? Warum ich? Würde er überhaupt in mein Fahrradkörbchen passen? Und was war mit der Concierge, die mir gegenüber ohnehin schon große Ressentiments hegte …

»Und was frisst so ein Tier?«

»Und wie lange lebt es?«

»Und die kleinen Tütchen, mit denen man die Hundekacke aufliest? Die Leine, die automatisch blockiert, die albernen Gespräche mit den Nachbarn, die nach dem Film gemeinsam das Bein heben gehen, und die Behälter zur Entsorgung von Hundekot?«

Mein Gott!

Der Bourgueil war ziemlich kühl. Wir knabberten auf Schweinegrieben, futterten Brote, die dick mit Rillettes bestrichen waren, genossen lauwarme, süßlich schmeckende Tomaten und mit Asche gepuderten Ziegenkäse sowie Birnen direkt aus dem Garten.

Es ging uns gut. Das Wasser gluckerte, der Wind fuhr durch die Bäume, und die Vögel schwatzten. Die Sonne spielte mit dem Fluss, tauchte auf, verzog sich wieder, torpedierte die Wolken und strich über die Böschung. Mein Hund träumte von Pariser Asphaltstraßen und knurrte vor Glück, und die Fliegen ärgerten uns.

Wir sprachen über dieselben Dinge wie als wir zehn, fünfzehn oder zwanzig waren, das heißt über Bücher, die wir gelesen, Filme, die wir gesehen, Musik, die wir gehört hatten, und Internetseiten, auf die wir gestoßen waren. Über das Digitalisierungsprojekt der Nationalbibliothek, die vielen neuen Online-Schätze, Musiker, die uns imponierten, über Zugbilletts, Konzertkarten oder Entschuldigungsbriefchen, die wir uns gönnen wollten, über Ausstellungen, die wir notgedrungen verpassen würden, über unsere Freunde, die Freunde unserer Freunde und die Liebesbeziehungen, die wir erlebt hatten – oder auch nicht. Häufig eher nicht, und darin waren wir am besten. Im Erzählen, meine ich. Wir lagen im Gras, bestürmten einander mit Fragen, wurden von allen möglichen Insekten gebissen, veralberten uns und zogen uns Lachkrämpfe und Sonnenbrände zu.

Und dann redeten wir über unsere Eltern. Wie immer. Über Mama und Pop. Über ihr neues Leben. Über ihre Liebesbeziehungen und unsere Zukunft. Kurzum, über die wenigen Dinge und die wenigen Leute, die unser Leben ausfüllten.

Es war nicht viel, es waren nicht viele, und doch – es nahm kein Ende.

Simon und Lola erzählten uns von ihren Kindern. Von ihren Fortschritten, ihren Streichen und den Sätzen, die sie eigentlich hatten aufschreiben wollen, um sie nicht zu vergessen. Vincent hat uns lange von seiner Musik erzählt. Sollte er weitermachen? Wo? Wie? Mit wem? Und welche Hoffnungen konnte er damit verbinden? Und ich erzählte ihnen von einem neuen Mitbewohner, der diesmal, doch, doch, legal hier lebte, erzählte von meiner Arbeit, meinen Schwierigkeiten, mich als angehende Richterin zu begreifen. So viele Studienjahre und so wenig Selbstvertrauen am Ende, das war nicht gut.

Hatte ich vielleicht irgendwo eine Weichenstellung verpasst? Wo war die Sache in die Hose gegangen? Und gab es irgendwo jemanden, der auf mich wartete? Die drei anderen sprachen mir Mut zu, bauten mich auf, und ich gab vor, ihnen in ihrer wohlwollenden Einschätzung recht zu geben.

Im Übrigen bauten wir uns alle gegenseitig auf und gaben vor, einander recht zu geben.

Schließlich war das Leben trotz allem auch ein bisschen Bluff, oder?

Das Spieltuch ist zu kurz, und es fehlen Steine. Unser Blatt ist zu schlecht, als dass wir mitbieten könnten … Das räumten wir gern ein, alle vier, mit unseren großen Träumen und der Miete, die am Fünften jeden Monats fällig war.

Daraufhin öffneten wir noch eine Flasche, um uns ein wenig Mut zu machen!

Vincent brachte uns zum Lachen, als er uns von seiner letzten Liebesenttäuschung erzählte:

»He, versetzt euch mal an meine Stelle! Ein Mädchen, dem ich zwei Monate lang hinterherrenne, auf das ich vor der Uni sechs Stunden lang warte, das ich dreimal zum Essen einlade, zwanzigmal nach Hause bringe, in ein Kaff am Arsch der Welt wohlgemerkt, und das ich in die Oper einlade für hundertzehn Kröten der Platz! Scheiße!«

»Und zwischen euch ist immer noch nichts passiert?«

»Nichts. Nada. Rien. Scheiße Mann! Zweihundertzwanzig Euro! Könnt ihr euch vorstellen, wie viele Platten ich mir davon hätte kaufen können?«

»Also echt, ein Typ, der so kleinkariert rechnet, da verstehe ich die Frau …«, spottete Lola.

»Hast du – hast du denn versucht, sie zu küssen?«, fragte ich arglos.

»Nee. Das habe ich mich nicht getraut. Das ist ja das Dumme.«

Großartiger Abend der Sticheleien.

»Ich weiß. Ich bin zu schüchtern, das ist doof …«

»Wie heißt sie denn?«

»Eva.«

»Welche Nationalität?«

»Keine Ahnung. Dabei hat sie's mir gesagt, ich hab es nur nicht verstanden.«

»Verstehe. Und äh – hast du das Gefühl, da sei noch was zu machen?«

»Schwer zu sagen. Aber sie hat mir Fotos von ihrer Mutter gezeigt.«

Zu viel war zu viel.

Wir wälzten uns im Gras, während unser Don Juan erfolglos versuchte, Steine übers Wasser springen zu lassen.

»Oh«, flehte ich, »darf ich die haben?«

Lola riss eine Seite aus ihrem Skizzenblock heraus, reichte sie mir und verdrehte die Augen.

Es war ihr tatsächlich gelungen, die Noblesse meines heldenhaften Mischlings einzufangen, der träge in der Sonne lag. Das einzige männliche Wesen, wenn ich es recht bedenke, das jemals mit einer solchen Ausdauer hinter mir hergerannt ist …

Die nachfolgende Zeichnung war eine wunderschöne Schlossansicht.

»Vom englischen Garten aus«, erklärte Vincent.

»Wir sollten sie Pop schicken und ihm einen Gruß dazuschreiben«, schlug Schwester Lola vor.

(Unser Pop besaß kein Handy.) (Wohlgemerkt: Er hatte auch nie einen Festnetzanschluss besessen ...)

Wie schon so oft hatte Lola eine gute Idee, und wie immer und sicher bis in alle Ewigkeit ordneten wir uns dem Vorschlag unserer älteren Schwester unter.

Man hätte meinen können, die hinterste Sitzreihe im Bus gegen Ende einer Ferienkolonie. Blatt und Stift wurden von einer Hand zur nächsten gereicht. Gedanken, Grüße, Nettigkeiten, Dummheiten, kleine Herzchen und große Küsse.

Der Haken war – aber dafür konnte unser Pop nichts, schuld war der Mai 68 –, dass wir nicht genau wussten, wohin wir den Brief schicken sollten.

»Ich glaube, er ist gerade auf einer Werft in Brighton.«

»Von wegen«, scherzte Vincent, »dort ist es viel zu kalt! Er mit seinem Rheuma! Der Gute ist mit Richard Lodge in Valencia.«

»Bist du sicher?«, wunderte ich mich. »Als ich das letzte Mal mit ihm gesprochen habe, war er auf dem Weg nach Marseille.«

»...«

»Gut«, entschied Lola, »ich bewahre den Brief in meiner Tasche auf, und wer ihn als Erster aufspürt, sagt Bescheid.«

Schweigen.

Aber Vincent schlug ein paar Akkorde an, damit wir es nicht hörten.

In einer Tasche …

Die ganzen Küsse, die nicht zu übermitteln waren. All die Herzchen, weggesperrt zu Schlüssel und Scheckheft.

Unter dem Pflaster, nichts.

Zum Glück hatte ich meinen Hund! Er war voller Flöhe und leckte sich sorgfältig die Klöten.

»Worüber lachst du, Garance?«, fragte mich Simon, um die schwermütige Stimmung zu übertönen.

»Ach, nichts. Ich habe einfach nur ganz viel Glück …«

Meine Schwester holte wieder ihre Farben heraus, die Jungs badeten, und ich beobachtete meinen Schatz, der bei jedem Bissen Brot mit Rillettes zusehends auflebte.

Das Brot spuckte er wieder aus, der Lump.

»Wie willst du ihn nennen?«

»Keine Ahnung.«

Lola war es, die zum Aufbruch blies. Sie wollte angesichts der gerichtlich festgelegten Besuchsregelung nicht zu spät kommen, und wir spürten bereits, wie hektisch sie war. Mehr als hektisch, unruhig, mürbe, mit einem schiefen Lächeln im Gesicht.

Vincent gab mir meinen iPod zurück, den er mir vor Monaten abgeknöpft hatte:

»Hier, ist ja schon lange her, dass ich versprochen habe, dir ein paar Lieder zusammenzustellen ...«

»Oh, vielen Dank! Hast du alles draufgeladen, was ich liebe?«

»Nein. Nicht alles, natürlich. Aber du wirst schon sehen, die Auswahl ist nicht schlecht ...«

Wir umarmten uns und gaben, um es kurz zu machen, ein paar alberne Sticheleien von uns, dann schlossen wir uns im Auto ein. Simon passierte den Wassergraben und hielt noch einmal an. Ich lehnte mich aus dem Fenster und schrie:

»He! Don Juan!«

»Was ist?«

»Ich hab auch ein Geschenk für dich!«

»Was denn?«

»Eva.«

»Wie, Eva?«

»Sie kommt übermorgen mit dem Bus aus Tours.«

Er kam angerannt.

»Was faselt ihr da?«

»Wir faseln gar nicht. Wir haben sie vorhin angerufen, während du gebadet hast.«

»Lügnerinnen.« (Er war ganz bleich.) »Wo hattet ihr überhaupt ihre Nummer her?«

»Wir haben auf deinem Handy nachgeschaut.«

»Das ist nicht wahr.«

»Du hast recht. Es ist nicht wahr. Aber geh trotzdem zur Bushaltestelle, für alle Fälle.«

Er war ganz rot.

»Was habt ihr der Armen denn erzählt?«

»Dass du in einem großen Schloss lebst und ein wunderbares Solo für sie komponiert hast und dass sie es sich unbedingt anhören muss, du würdest es ihr in einer Kapelle vorspielen, und es wäre super*romantitschno* …«

»Super-was?«

»Das ist Serbokroatisch.«

»Ich glaube euch kein Wort.«

»Dein Pech. Dann wird Nono sich halt um sie kümmern …«

»Stimmt das, Simon?«

»Keine Ahnung, aber wie ich unsere beiden Xanthippen kenne, ist alles möglich …«

Er war ganz rosig.

»Ernsthaft? Sie kommt übermorgen?«

Simon gab wieder Gas.

»Mit dem Bus um achtzehn Uhr vierzig!«, präzisierte Lola.

»Gegenüber von Pidoule!«, brüllte ich ihr über die Schulter.

Als er komplett aus dem Rückspiegel verschwunden war, sagte Simon:

»Garance?«

»Was ist?«

»Pidou-NE.«

»Ach ja, sorry. He! Hier ist der andere Verrückte. Fahr ihn um!«

Wir warteten, bis wir auf der Autobahn waren, um uns Vincents Geschenk anzuhören.

Lola hatte sich endlich dazu durchgerungen, Simon zu fragen, ob er glücklich sei.

»Fragst du wegen Carine?«

»Ein bisschen schon …«

»Wisst ihr. Zu Hause ist sie viel netter. Nur wenn ihr dabei seid, ist sie so anstrengend. Ich glaube, sie ist eifersüchtig. Sie hat Angst vor euch. Sie denkt, dass ich euch lieber habe als sie und – und außerdem verkörpert ihr alles, was sie nicht ist. Euer flippiges Auftreten bringt sie aus der Fassung. Wenn ihr wie *Die Mädchen von Rochefort* daherkommt … Ich glaube, sie hat Komplexe. Sie hat das Gefühl, für euch ist das Leben ein einziger Pausenhof und ihr seid immer noch die beliebten Mitschülerinnen, die sie früher aufgezogen haben, weil sie die Klassenbeste war. Diese hübschen Mädels, unzertrennlich, witzig und heimlich bewundert.«

»Wenn sie wüsste …«, antwortete Lola und lehnte den Kopf an die Scheibe.

»Sie weiß es eben nicht. Neben euch fühlt sie sich richtig abgehängt. Es stimmt schon, sie kann sehr anstrengend sein, aber es ist ein Glück, dass ich sie habe. Sie treibt mich an, sie pusht mich, sie zwingt mich, weiterzukommen. Ohne sie würde ich heute noch in meinen Kurven und Gleichungen feststecken, ganz sicher. Ohne sie säße ich jetzt in einem billigen Dachzimmerchen und würde Quantenmechanik büffeln!«

Er schwieg.

»Und außerdem hat sie mir zwei wunderschöne Geschenke gemacht …«

Sobald wir die Mauthäuschen hinter uns hatten, schloss ich die Musik ans Autoradio an.

Na, Junge. Was hast du uns Schönes zusammengemixt?

Zuversichtliches Lächeln. Simon zog an seinem Gurt, um den Musikern Platz zu machen, Lola kippte die Lehne nach hinten, was ich ausnutzte, um mich an ihre Schulter zu lehnen.

Marvin als Mister Loyal: *Here my Dear. This album is dedicated to you.* Eine absolut entfesselte Version von Miriam Makebas *Pata Pata,* die unsere Gelenke lockerte, *Hungry*

Heart vom Boss, der unseren Popo schon seit fünfzehn Jahren in Schwung brachte, und weiter hinten auf der Liste *The River,* als Futter für das hungrige Herz. *Beat it* von unserem verstorbenen Bambi. Voll aufgedreht, ging es im Slalom zwischen den weißen Streifen hindurch, *Friday I'm in Love* von Cure als Hymnus – sorry, ich drehe die Lautstärke etwas runter – an dieses wunderschöne Wochenende, *Common People* von Pulp, die uns mehr Englisch beigebracht hatten als alle Lehrer zusammen. Eine fantastische Version von *I Will Survive* (Musica Nuda) und eine andere, ziemlich raue, von *My Funny Valentine* (Angela McCluskey). Von derselben ein *Don't Explain,* das noch dem größten Schürzenjäger die Tränen in die Augen treiben würde. Christophe in seiner Satin-Weste, *C'était la dolce vita*. Yo-Yo Mas Cello für Ennio Morricone und seine Jesuiten, Laurent Voulzy, der sich nach Grimaud abgesetzt hatte, und Dylan, der den Sehnsüchten zweier fast noch jungfräulicher Schwestern so oft sie es wollten *I want you* entgegenschmetterte. Und was würde ich nicht dafür geben, an Gilbert Bécauds Seite zu sein, wenn er seiner *Nathalie* auf dem Roten Platz hinterherlief. *Love me or leave me,* fleht Nina Simone, während ich meine geliebte Lola dabei ertappe, wie sie sich die Nase reibt ... Tz tz! ... Vincent will nicht, dass seine Schwester traurig ist, und schickt ihr Goldmans Hirtenflöten hinterher, um sie wieder aufzumuntern. Yves Montand erinnert sich an Paulette und Bashung an Bashung, Charles Trenet preist la *Douce France* und Björk, die brüllt, es sei zu still, *Nisi Dominus* von Vivaldi, womit er Camille eine Freude machen will, und Neil Hannons Song, den Mathilde so gern mochte. Kathleen Ferrier mit Mahler, Glenn Gould mit Bach und Rostro für den Frieden. Jacques Brels *Ne me quitte pas,* das uns immer wieder zu Tränen rührt. Luis Mariano, der von seiner Sonne in Mexiko jodelt, Pyeng Threadgill, die ständig *Close to me* wiederholt, und ich denke mir, genau so ist es, meine Lieben. Cole Porters Eleganz, von Ella Fitzgerald übertroffen und als Kontrast dazu: Cindy Lauper. *Oh daddy! Girls just wanna have fun!,* brülle ich und schüttele meinen Hund wie eins dieser Cheerleader-Puschel, so dass seine Flöhe Macarena tanzen.

Und noch viele mehr. So viele Megabytes voller Glück.

Augenzwinkern, Erinnerungen, vermasselte Slowfoxtänze in Gedenken an missglückte Abende, *music was my first love* (for connoisseurs only), Klezmer, Motown, Volkstümliches, Gregorianisches, eine Blaskapelle oder Kirchenorgeln, und plötzlich, während der Wagen pichelte und die Tankanzeige verrückt spielte, Ferré und Aragon, die sich wunderten: *Est-ce ainsi que les hommes vivent?*

Je mehr Titel vorbeidefilierten, um so schwerer fiel es mir, die Tränen zurückzuhalten. Okay, ich sag's noch mal, ich war müde, aber ich spürte auch den wachsenden Kloß, den Kloß in meinem Hals, der immer größer wurde.

Zu viele Emotionen auf einmal. Mein geliebter Simon, meine liebe Lola, der kleine Vincent, der kleine Venuslöwe auf meinem Schoß und die ganzen Lieder, die mir schon so lange zu leben halfen …

Ich musste mich schneuzen.

Als die Musik zu Ende war, dachte ich, jetzt würde es bessergehen, aber Vincent, dieser Mistkerl, hatte noch was ins Mikro gesprochen:

»So. Das war's, Schwesterherz. Tja, ich hoffe, ich habe nichts vergessen. Doch, warte, noch ein letztes Lied für unterwegs …«

Es war eine Coverversion von Leonard Cohens *Hallelujah,* gesungen von Jeff Buckley.

Bei den ersten Gitarrenklängen biss ich mir auf die Lippen und fixierte angestrengt die Deckenleuchte, um meine Tränen hinunterzuschlucken.

Simon verstellte den Rückspiegel, weil er mich sehen wollte:

»Alles in Ordnung? Bist du traurig?«

»Nein«, antwortete ich, während die Fassade überall Risse bekam, »ich bin super-superglücklich.«

Auf der restlichen Fahrt sagten wir kein Wort. Spulten den Film zurück und dachten an morgen.

Die große Pause war zu Ende. Gleich würde die Glocke läuten. Alle in Zweierreihen aufstellen.

Ruhe, bitte.

Ruhe, habe ich gesagt!

Wir setzten Lola an der Porte d'Orléans ab, und Simon brachte mich nach Hause.

Als er gerade davonfahren wollte, legte ich ihm die Hand auf den Arm:

»Sekunde noch, ich bin gleich wieder zurück.«

Ich rannte zu Herrn Raschid.

»Hier«, sagte ich und hielt ihm ein Päckchen Reis hin, »du solltest doch noch was besorgen ...«

Er lächelte.

Er behielt den Arm noch lange oben, und nachdem er um die Ecke gebogen war, kehrte ich in meinen Lieblingsladen zurück und kaufte Kroketten und eine Dose Hundefutter.

»Garance, ich sag dirr eins: Wenn dein Hund noch einmal auf meine Auberginen pinkelt, epilierrr ich ihn auch!«

| Anna Gavalda, 1970 geboren, ist in der Champagne aufgewachsen, hat in Paris Literatur studiert und arbeitete als Französischlehrerin, bevor sie mit der Veröffentlichung ihres ersten Buches auf einen Schlag berühmt wurde. Ihr Roman *Zusammen ist man weniger allein* wurde sehr erfolgreich verfilmt und erreichte ein großes Publikum in ganz Europa. Vor der Erzählung *Ein geschenkter Tag* erschien zuletzt *Alles Glück kommt nie.* Anna Gavalda lebt mit ihren beiden Kindern bei Paris.

Die französische Originalausgabe erschien 2009
Unter dem Titel *L'Échappée belle* bei Le Dilettante in Paris

Lizenzausgabe für die Büchergilde Gutenberg, Frankfurt am Main, Wien und Zürich mit freundlicher Genehmigung des Carl Hanser Verlags, München | Copyright © für die deutschsprachige Ausgabe Carl Hanser Verlag, München 2010 | Alle Rechte vorbehalten | Reihengestaltung: ANJA HARMS ateliers, Oberursel | Herstellung: Katrin Jacobsen, Frankfurt am Main | Gesetzt aus der Baskerville durch Dörlemann Satz, Lemförde | Druck und Bindung: CPI – Clausen & Bosse, Leck | Printed in Germany 2010 | ISBN 978-3-7632-6358-5 | www.buechergilde.de